朝圣之路

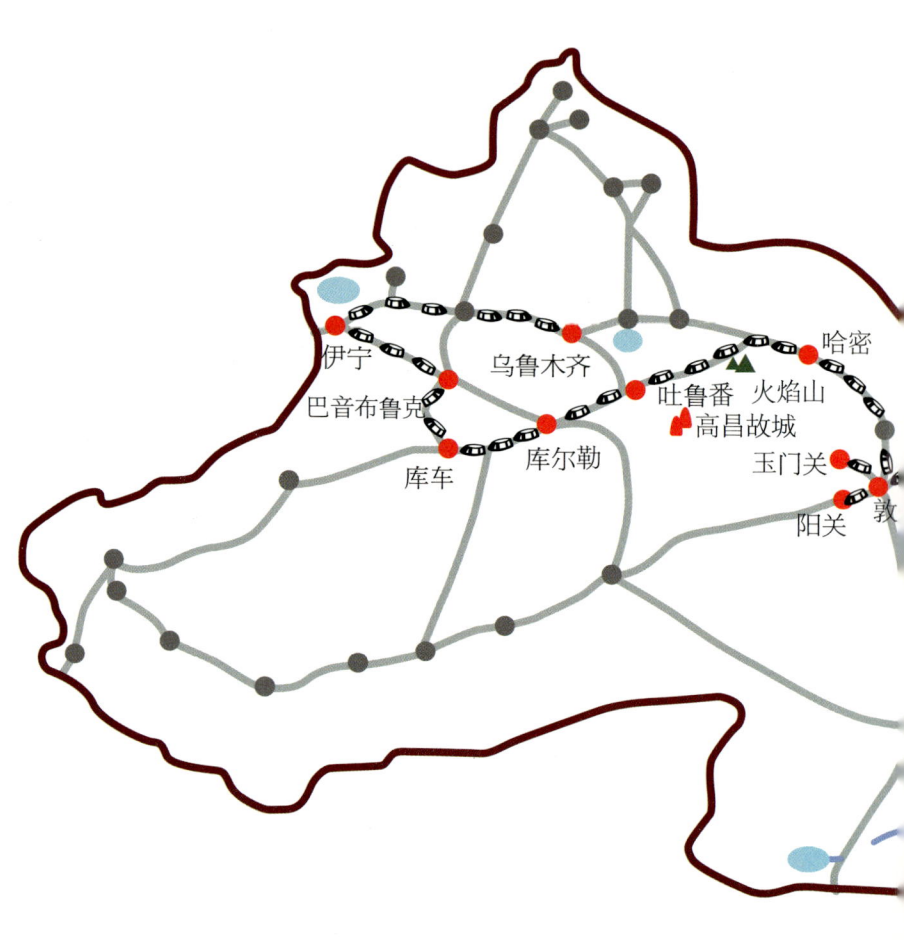

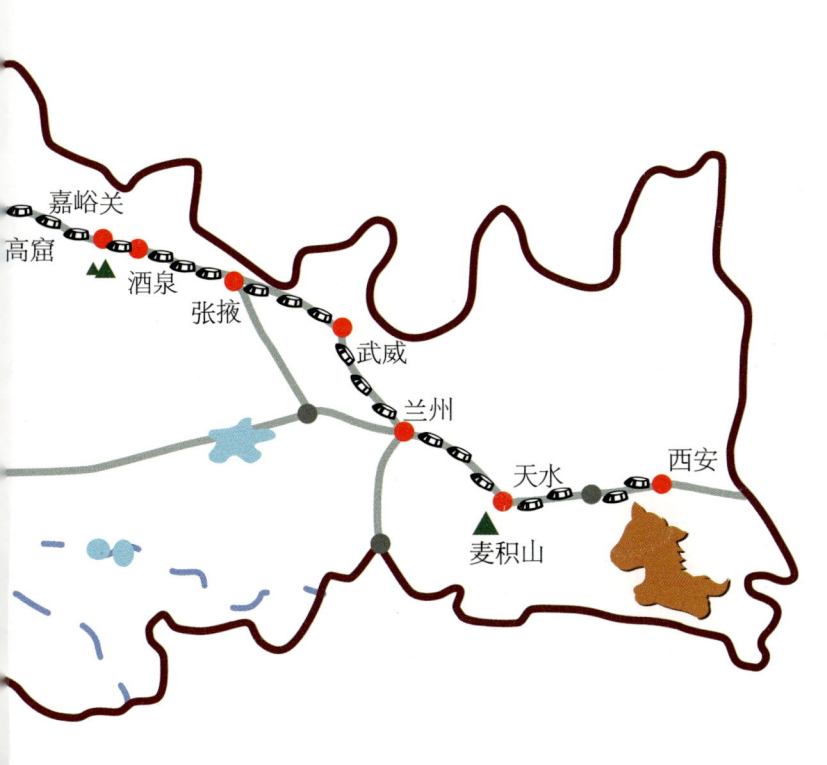

摘星阁黄昏

小雁塔

维吾尔族驴车上的小女孩

立于千仞之上的华严三圣

阳关

# 活出莲花的芳香

释满济◎著

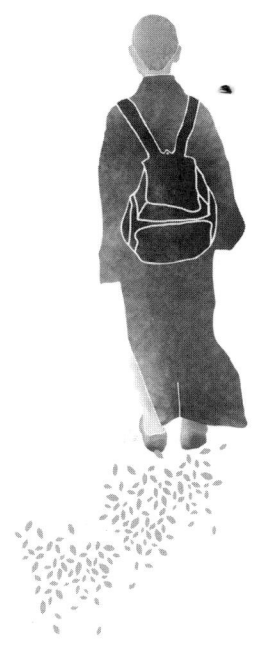

陕西师范大学出版总社

图书代号：SK16N0390

**图书在版编目（CIP）数据**

活出莲花的芳香 / 释满济著. — 西安：陕西师范大学出版总社有限公司，2016.6
ISBN 978-7-5613-8411-4

Ⅰ.①活… Ⅱ.①释… Ⅲ.①游记—作品集—中国—当代 Ⅳ.①I267.4

中国版本图书馆CIP数据核字(2016)第067620号

## 活出莲花的芳香
HUOCHU LIANHUA DE FANGXIANG

### 释满济 著

| | |
|---|---|
| 责任编辑 / | 孙国玲　胡　杨 |
| 责任校对 / | 彭　燕 |
| 封面设计 / | 尚书堂 |
| 出版发行 / | 陕西师范大学出版总社 |
| | （西安市长安南路199号 邮编 710062） |
| 网　　址 / | http://www.snupg.com |
| 印　　制 / | 中煤地西安地图制印有限公司 |
| 开　　本 / | 787mm×1092mm　1/32 |
| 印　　张 / | 5.75 |
| 插　　页 / | 9 |
| 字　　数 / | 100千 |
| 版　　次 / | 2016年6月第1版 |
| 印　　次 / | 2016年6月第1次印刷 |
| 书　　号 / | ISBN 978-7-5613-8411-4 |
| 定　　价 / | 29.00元 |

读者购书、书店添货或发现印刷装订问题，请与本公司销售部联系、调换。
电话：（029）85303879 传真：（029）85307864 85303629

谨以《茶汤里的觉醒》《活出莲花的芳香》两书，

献给师长、道友，

以及关心我的护法朋友。

谢谢你们赐予我一片青青草原的有梦之乡，

让我行走在人间的"丝想之路"上，

有你们的引导与照耀，

让我的生命之路，

充满风和日丽的温暖。

# 大陆版序

因雪冰的居中的因缘，让《茶汤里的觉醒》《活出莲花的芳香》两本书可以漂洋过海，从台湾海岛走到大陆广大的土地。2015年的春分直到霜降，书通过审查，进行编辑作业，在国玲等编辑专业的费心和热情下，经过烦琐的流程，编印精美的两书顺利与无数喜欢佛法的朋友们结下无尽的缘分。

茶与禅是丛林生活的意涵所在。

禅僧在喝茶中，从六根觉受冷热浓淡，到开启自心佛性、悟心。茶何等平易，又何等珍贵。《茶汤里的觉醒》中有篇《你喝着茶，茶也喝着你》，文中这么写着：开悟的禅师，我想，他们都是懂得喝茶的行者，在无边的风月浪走，以三千世界为游乐场，由于他们的清明，一杯茶喝来，载入的是纯白的雪景及天清地明之正气。

是呀，在茶汤里，你可以炫耀茶的出身、茶价的高贵、茶色的端庄、茶席的华丽；亦可在茶汤里，学习当一个谦和温良的侍茶童子，祈愿人人在平常冷热的茶汤中，问道、觅心，而后悟道。

如果说《茶汤里的觉醒》一书是禅堂静默的笔记，那么《活出莲花的芳香》则是用参学的足迹，具体性地把定慧的美与好，禅思的狂热与寂静，一一毫无遮蔽地呈现。这两本书，想要揭露的不过是动与静皆有禅心的芬香与生活的妙用。

两书能圆满出版，最要感谢的是家师星云大师以养兰之心培育徒众，让佛法借用文学的手播撒到十方世界。祈愿这两本小书，让人们理解佛法与文学的精要，引发对佛学的探讨以及性灵提升的兴趣。

是为序。

释满济

二〇一五年冬于台湾佛光山

# 推荐序

满济的《茶汤里的觉醒》《活出莲花的芳香》出版，欣喜佛光山的徒众在长期耕耘，逐渐看到成果。

以养兰之心培养徒众是我的个性，理路清楚的去撰写论文，有艺文潜力的从事文学创作，有组织力也喜欢讲说的可以从事弘讲工作，具有耐烦的性格可任寺务或知客。对徒众我是"适材而教"，若问我怎么管理全球寺院的人事，我则以"适性而用"，让徒众或佛光会的干部，乐在弘法的岗位上。

《茶汤里的觉醒》述说丛林生活的一饭一食，过堂、出坡，看似平凡无奇却蕴含有开悟的机缘。这本禅门的生活笔记，让一般人了解禅门的诸多面貌。

《活出莲花的芳香》是我同意满济到大陆参访一个月，她也不负所望，游历归来，在《人间福报》副刊提供的稿子，今结集出书。

十年树木百年树人，文化工作需要长远的发心，我也希望徒众、信众对文化工作者、文化事业能多一点护持，毕竟诸供养中，法供养第一。净化人心、提升生活品质，是需要文化深耕的，文化的感染力、影响力不只深远而且是千秋万世的。

诸佛菩萨所建立的净土，源于救度众生的"梦想"，人因有梦想而保持前进的力量，人也因怀有理想而人格崇高。祈愿大家心怀梦想，并朝着心中的理想前进。

是为序。

星　云

二〇一四年五月于开山寮

# 丝路花雨

五十五日的行旅,

走过花红柳绿的江南、北京天安门、长安草堂寺。

掬长安的月光慰藉旅途的劳顿……

又载满敦煌的风沙,

跨越新疆天山南北高原,

吐鲁番的微雨、龟兹的荒芜……

在七个省份中,

拾掇梦中纷飞的花雨,

祈愿,

让你我感谢:人身难得,佛法难闻。

有佛有法有寺安身立命,

如千年盲龟值浮木的幸运。

# 目录

**卷一　南北疆旅——从戈壁到青青草原**

讲经台飘坠的花雨——吐鲁番高昌故城 / 003

嗒嗒的马蹄声——火焰里的千佛 / 006

迁徙的清贫生活——南疆的白杨木 / 011

巴士的美丽与哀愁——吐鲁番漂流 / 015

满纸糊涂账——旅人的开悟之路 / 020

嘀嗒嘀嗒——角落的菩萨 / 024

归人的乡愁——铁门关 / 029

在左岸右岸寻觅自己——孔雀河 / 034

龟兹：热血的梦土——一个追星族的等候 / 038

坐拥天空的巨人——鸠摩罗什大师的一默 / 042

库车王府的午后——一朵红玫瑰 / 045

天神的冠冕——独库的龙池 / 048

看见展翅的天鹅——巴音的齐齐格 / 053

最接近天空的草原——深绿的那拉提 / 056

克勒涌珠的碧海连天——伊宁一日游 / 060

开眼看世界——惠远古城的徘徊 / 064

人到底能锁住什么——红山公园的奇观 / 070

苦苦地等一张机票——乌鲁木齐的插曲 / 074

## 卷二 人在长安——从旷野到悠悠静好

岁月静好——长安生活之一 / 079

那甜蜜蜜的豆奶——长安生活之二 / 082

草堂雾起——鸠摩罗什大师舍利塔 / 086

鸿雁何时高飞——荐福寺 / 090

一生一别难再见——青龙寺的鹅群 / 095

旅行是一个惊叹号——南五台 / 099

## 卷三 万水乡思——从天水穿越河西走廊

开天辟地之都——天水南郭寺 / 107

天之远水之阔——往麦积山的脉动 / 110

悠悠我心——华严三圣的微笑 / 114

美丽的航行——山城返乡 / 117

甘泉成废池——五泉山公园 / 121

浪花淘尽英雄——黄河第一桥 / 124

切菜回想曲——武威鸠摩罗什寺 / 126

在步行街遇见"公主"——日不落武威 / 130

旅行的菜单——西夏抄经的皇后 / 134

六月荔枝飘香——张掖那场急雨 / 137

和谐乐土——记千年睡佛 / 140

家在远远的地方——嘉峪关的角楼 / 144

胜利的狂饮——左公柳的相思 / 148

我的家在鸣沙山——敦煌的摘星阁 / 151

　　关不住的春风——阳关玉门 / 154

　　千佛万佛在人间——驮经的白马 / 159

**卷四　后记**

　　成为自己生命中的英雄——丝路的回眸 / 165

## 卷一

### 南北疆旅——从戈壁到青青草原

黄沙滚滚的高原

日不落的新疆

变的是花开花谢

不变的是

千年　佛的召唤

菩萨的慈悲

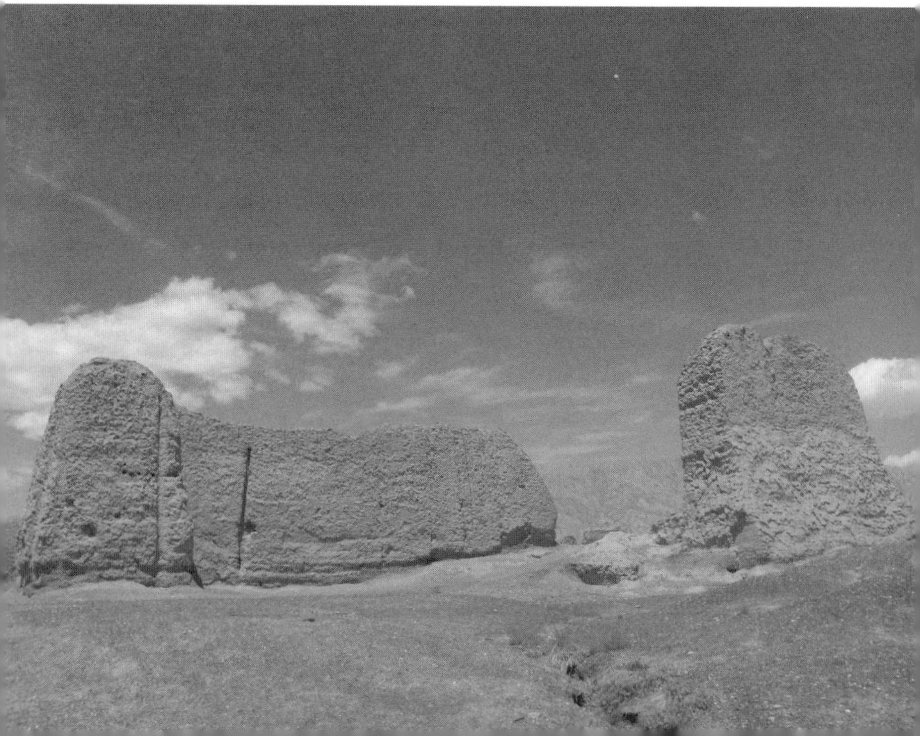

## 讲经台飘坠的花雨——吐鲁番高昌故城

在大陆五十五天的朝圣之旅，归回到南国之境的大丛林，像放回水里的鱼，奔向天空的鸟，悠游闲适，那五十五日，犹如一梦。

晨起，随窗口的天色、鸟鸣早觉；午间，闻叫香、板声，随众搭衣过堂吃饭；入夜，捧读《大般若经》，一字一句落向心海。

"回来了！"路上行过的同参道友温暖地问候。回来了吗？感觉未曾离开过大家，但似乎有一丝的游魂还滞留在龟兹国。"何时能在《福报》看到你的游记？"我也轻问自己：这五十五天，我到底吸纳什么而归来？回来的那个我，真的仍是五十五天前的我吗？

走完河西走廊，踏入新疆，端视维吾尔族那五官美好的人民，他们的祖先曾无情摧毁了千年前庄严的万人寺院，千年后，他的子民往返寺院的遗址，为万千游客拉着驴车维生。那戴着耳环，身着红衣，三四岁的小女孩，跟着父亲拉车。我拿出水晶吊饰，上面刻有"说好话"。两方虽语言不通，眼波的交流是最真实的心意表达。小人儿收下我的"礼物"，雀跃地唱起属于他们的歌谣。我望着女孩纯净的瞳眸，心里祈愿：愿这里的子民，记起他们曾有过鸠摩罗什大师，一个宣扬正法、度苦难众生抵达安乐彼岸的大师和他们流着同样的血液。

我在每寸土地上搜寻着，公交、巴士、超市、街头，或行或坐。对每个儿童、少年，我怀着希望，希望他们其

高昌残留佛窟

中的某一位会是玄奘或罗什大师的再来人，目不暂舍。黄沙滚滚的高原，日不落的新疆，入夜十一点，金色的太阳依旧高照，映在我的心却成一片苦涩的红海。那佛首断裂，僧房倒塌，废墟的土堆里，我听见地底的千年喟叹。

承载不了这样的千古惆怅，烈日当空，朝拜高昌故城、玄奘大师讲经的说法台遗址，近四十摄氏度的高温，我却冷得发抖。想哭，找不到眼睛；想控诉，找不到口舌。驴车上的小女孩，为我们跳起舞来，双眼天真无邪，视我如可亲的朋友。我牵起她的小手，安静地让四面八方的沙尘扑向我。

顶礼玄奘大师的讲经台，风在吹，雨在落。那扬起的尘土，请别为我哭泣。我脚下的每一粒沙都亲吻佛教、伊斯兰教、基督教子民的鞋履，如果信奉不同宗教的你和我能醒悟：应摧毁的是人们心里的贪嗔痴，而不是对方的殿堂。因为，种族、肤色虽有差别，不同的个体却有共同追求：你和我都祈望此生幸福、快乐、安然。

朝礼颓废的佛窟，这些形影模糊的大大小小的洞窟，依稀可辨有菩萨的璎珞、有佛的背光。回程，坐在驴车上的小女孩睡去了，合上她黑黑的长睫毛。车轮在行进，终点已在不远处。被沙尘包围的我，探出头来，才发现那荒野的土堆上，一轮灼灼的夕阳遍照，也照在我与这对维吾尔族父女的身上。我们的起点不一样，但我相信，我们的终点必定是一样的。

走在思慕的梦土上，即使尘归尘土归土，大师讲经台上，纷纷飘下的细雨，落入我的心湖，仍是一场下不完的天乐赞颂的曼陀罗香华……吹入衣袖的沙，请别为我哭泣，那里的每一粒沙，都驻足过诸佛对一切众生的祝福。

千里之外，我打梦土走过，带不走什么，也无能为大家带回什么。带回的只是丝丝感触，我们何其幸运：生在有正信的佛国，能听能闻甚深的佛法，阅览唾手可得的经文，这一片和乐净土，却是有人用性命用浪漫的青春为我们换来的，只是你我从未深刻地领悟及珍惜过。

## 嗒嗒的马蹄声——火焰里的千佛

行至南疆，旅程过了三分之二，两三日搬迁住宿地，减去的是昨日今日交替的景点，停留在心间的物件却日益加重。载不动的不是离散的愁绪，而是重逢后，惊见这山这水这风这人,是你血液里奔流的莫名乡愁。

没有哭泣的那一种滋味

那种使人刻骨铭心的乡愁

如果深深经历那种感受

才会明白为何占满心头

啊 啊 只要独处

日升日落 许多感触

啊 啊 那种滋味

澎湃飞舞 怎能倾诉

那云和树 不要遮断那故乡的道路

我虽没有哭 只怨那雨和露

三藏取经塑像

年少时，凤飞飞的这首《另一种乡愁》最是拨动心弦。常有人好奇探究，为何出家？其实这首歌，可以揭露答案的一角。记得，有个午后，坐在临近港口大楼的咖啡馆，友伴们喧嚣着，那时，多轻狂多激情，宇宙在我们的眼里不过是一粒微尘。

港口的船只来了又去了，靠岸不靠岸的来了走了，我望着无声的落地窗，周围的喧嚣渐退成远方的薄雾。那一刻，十八岁的我，明白了，未来的我，热闹不再，迎接我的生命道路，是比雪更冷比火更孤绝的澎湃。

到了千里之外的吐鲁番，站着遥望连着天空的火焰山，在地表五十摄氏度高温的火焰山，不是水可以解渴的。景区三藏取经的塑像前，游客高兴地拍照留念，还有外国朋友骑着马，雀跃地驰骋沙路上，五十摄氏度的高温，我却倍觉苍凉。

红色的火焰山，像西行求法高僧们的热血犹存，在这片广袤的荒漠，马蹄声仍在，圣人已远飏。

下一站，我们到交河故城，一座有两千三百年历史的"断壁残垣"。

这遗址有三十多万平方米，公元前二世纪，西域三十六国之一的车师前国在这里建立王都，成为吐鲁番地区第一个

拜城的龙云

拜城千佛洞

政治、经济、文化中心。公元五至八世纪为交河故城的鼎盛时期，十四世纪逐渐衰落，最终毁弃于元末的战火。

那时的居民，上至王公贵族下至百姓皆信佛。城中央有条长三百五十米、宽六米的纵贯南北的大道，两旁是高而厚实的土墙。故城建筑分三个区域：东侧北部为居民区，建筑风格为典型的唐式建筑；西侧北部为寺院区，设三座佛教庙宇；城内正中的大庙是王公贵族们拜佛之地，另两座小庙应为百姓们求佛之所。走着走着，就走进无边的残破历史里。马蹄声，嗒嗒地响在旅人途中。

来到克孜尔千佛洞，石窟内的佛像壁画，不是被盗走，就是面貌全被毁坏了。预定的行程，原本只到河西走廊，怕近乡情怯，怕眼见佛首佛颜佛足断裂出血。自视胆识过人的我，面对残蛮的暴力、贪婪的争战，却显得何其退缩、软弱。最后，舍和田、楼兰，步上尘沙滚滚之路。

这里没有华丽之景，这里唯有风吹过，那呜呜的泣声回荡不眠。

朝拜青春的神圣梦土，以为我的心准备好了承载这千古的悲愁，但到了千佛洞，我的脚是微微发抖的，我的眼依然无法直视那漫天烽火的残局。回程，手里有维吾尔族人焙的馕，芳香可口。窗景正一寸一寸地在我的视线中逝去，永不逝去的是：我佛慈悲，还有小小的我，在天空下合掌许诺的微愿。

千佛洞

## 迁徙的清贫生活——南疆的白杨市

行者在路上最亲密的伴侣就是身上的背包，最宝贵的是他的性命。多数人对旅行有太多的误解、曲解、妄求，我也是。直到二〇〇八年去了云南，对旅行彻底改观，有一种仰慕与敬畏的情愫，在我内心蔓延。旅行，如同接受灵魂的痂痕，每一道伤痕，都是最值得赞颂的碑铭。因为，不甘流俗终生，更不甘与草木同朽，于是，你和我，害怕后，泪流后，重整心绪，阳光初露脸时，我们的双脚已勇敢迎向前程。

美食、美景在某些人的旅行中扮演着重要的角色。曾跟过团，交通、住宿都被妥善照应，仍有人天天埋怨床不够洁净、空调太热太冷、食物不合口味……在争取所谓应有的权利中，其实游兴没了，观赏的情致也没了。要舒适，不如在家，样样皆顺心称意。

"要照些美美的照片回来哦！"临行时大家这么期待着，叮嘱着。我的心答着：最美的摄像只在房间那扇四季窗镜,阳光、月色、树浪、虹影、滴雨、虫鸣……话未出口,说了,几人能懂?不为奇闻妙景,那我所为何来?是呀,我所为何来呢?临行前夕,跪诵完《金刚经》。如果,我说,只为坚固那摇动的水月妄心;如果,我说,借着旅行把性灵锻炼成不怕烈火的真金,你还想去旅行吗?

这趟旅程,短则一日多则两三日便得迁徙,旅途的冷热、饥渴难忍,让我咳了四十日。昼行走,夜千声万声地咳,如滴不尽的夜雨,然那小小的心竟有大大的力,在风中在雨中,我越过千里的沙河,完成每一日的旅程。

旅途无热饭,无冒烟的佳肴,上路后,馍(馒头)是最常见最便宜的食物,配白开水,可打发大半日的饥肠辘辘。那天在吐鲁番的长途汽车站,看到卖饼的小贩,一斤十六块人民币,挑了一些,凑足半斤。提着塑料袋中的七块小饼,满脸尽是笑意,这小饼可饱足好几餐。

这次迁徙让我找回感动的能力。走了半小时找到超市,如在沙漠遇到绿洲,那水入喉时,醇美如天上甘露。偶尔运气好,碰到传统市场,抱回西红柿、青菜、土豆等,氽烫后,无一丝调味料的菜肴竟有迷人的芳香。

清贫不是刻意地节衣缩食,克勤克俭反成贪着,清贫应该是心灵澄净后,恢复对万物万事感动的一种本能。

小饼配着饭店粗糙的红茶,郁郁的茶叶如莲绽放水杯。此刻,日不落的吐鲁番,足以令我忘忧,忘了久咳的不适,忘了肢体的酸痛。

我在吐鲁番,哭着朝礼过倒塌的佛寺遗址,望过无处话凄凉的火焰荒漠,幸有一路高大俊美的白杨木伴随着我,那洁净的绿与白,交织成我对吐鲁番最缠绵的回忆。

五十摄氏度的城市,明日我将告别。迁徙是旅人既定的命运,旅人在迁徙里,不断地收纳,也不断地抛弃。就如同天边的云,纳受大地的暑寒,拥抱水面的潮汐,终究把自己融成一场夏日丰沛的雨水。

如果你忍受不了迁徙的内外逼迫,忍受不了熟悉即要离散,那么你无缘成为行者,只能是一个贪爱风月的浪人。车的双轮不停吞噬眼前的时光,小窗飞入行行白杨,人与树仿佛都被定格在岁月的光影里了。

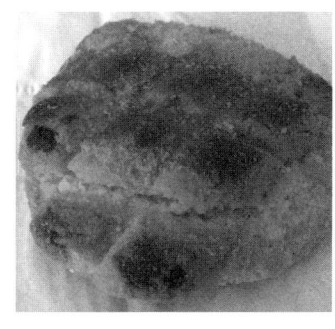

新疆小饼

## 巴士的美丽与哀愁——吐鲁番漂流

从丝绸之路的起点西安转往天水入兰州,到走完河西走廊四郡:武威—张掖—酒泉—敦煌。这一路的交通工具是,市区搭公交,长途乘巴士。第一次坐这么长公里数的车程,每一站短则六小时长则九小时,计算起来,有三百个小时在巴士里度过。

在大陆搭巴士,中途司机会让乘客方便,方便的地点,最好的设备算是可遮蔽胸腹的水泥厕所,次之为一字排开的露天坑洞,最天然的,什么都没有,个人在空地自由野放。吃饭、上厕所或许不是每天生活的大事,却是必须紧急应付的琐事。

上午简单用完早点,拖着行李,背起包包,下楼办理退住手续,在门口招出租车去汽车总站。巴士上的午餐,至今的记忆依然鲜明,瓶装水、两三个巴掌大的馒头,一瓶水从五毛到一块,各地物价有别。

旅人只要填饱肚子,那一天即是风和日丽,再颠簸的

戈壁公路

路途,再灼烫的空气,他都能甘之如饴。

计划行程的最后,舍火车换巴士,原因是坐火车要上下搬动行李,再则火车班次常在夜晚,考虑到体力的长期耗损及安全性的因素,选择巴士伴随旅途。巴士的美丽,在于每一站的窗框自然展览当地的实况。

我可以安静舒缓地观看市街的店家招牌,还有流动的人物的无声对话。巴士让我预习,那里的人们衣着的颜色，他们平时熟悉的食物。

买的是空调巴士票，但司机为省油费，是不开冷气的。乘客一定要满座，因此，司机会在当地的街道按喇叭招揽散客，常耽搁一两个小时时间。当地人看来是习以为常，个个面目木然，无一人向司机提出异议。

人生是一半一半的，我拥有了巴士的美丽，巴士的哀愁也得全盘接受。每一站刺耳的喇叭声，七小时四十摄氏度高温的车厢，半途如厕的左顾右盼……逐渐地，那些哀愁竟成为旅途奇异的人文景致。

若逢某日，上车有空调，司机直奔公路不去揽客，当下的心情就像飞扬的小鸟。没喇叭声、有冷气吹，这些在台湾稀松平常，从未觉得这是幸福，原来，我们理直气壮认定不变的人和事，未必全是如此。"你的世界，不等于全部的世界"，这句话，要历经三百个小时车程的煎熬，才稍稍理解。我们认为"应该"的生活与世界，有时候仅是一时的幸运，有时候是我们未走出自我设限的环境而已。

退住吐鲁番饭店，好心用毛巾擦拭梳理台，沾了些污点，被罚三十元人民币。站在柜台的我，真的是无言。"毛巾用了不都是会脏的吗？客人用毕不都是要送洗的吗?""那要特殊处理。"小姐冷冷地回应。付了三十元,没有收据。大陆的朋友发短信安慰我:师父别为这三十元扫兴。不是因为三十元,而是退房时饭店要检查,这样的服务态度令人叹息。

上巴士可静观夕照,下巴士融入翻滚的人海,呼吸当地的五颜六色。丝绸之路的巴士让我悟出,每天我们所需何其简要:解渴、饱食,两套换洗衣物,再加上一张容身的床铺。

巴士渐渐驶近,检票后,游往人河,寻觅属于我的车牌号码。阳光依然亮得让人睁不开双眼,背包加了高昌故城雪白香雨,漂流的心已多了几分安然。

留给旅行最宝贵的回忆,不是错综交织的美景,是人实心的温情。

## 满纸糊涂账——旅人的开悟之路

行前在寮房粘上便利贴,分类列出应带的必备物品。

每回长途旅行必须面对的琐碎,让我的心纠结成团,最后陷溺在反抗无效的颓废沼泽中,浮浮沉沉。如果有个精灵可以一夜之间,用他的金手指一点,现出一个完美的行李,那该多完美。空想无用,利用晚上零碎的时间,对比备忘录的项目,这个要吗?不用吧!那个不要吧?万一临时有状况呢?物件来来回回,进进出出。万一下雨呢?那雨衣、雨鞋带上好了。万一肠胃不适,就医不便……行前的我显露久藏的天性,它是这般的"犹豫不决"。

该来的总要来的。五月十日的早晨,拖着十一公斤的行李上路,向窗外的同参道友们挥手再见,五十五天的千里跋涉在远方等着我,连一半的自信都没有,但鸣枪已响,站立跑道上的我,唯一的选择,是不回头,往前奔向终点。

除了景点的资料、参考书,还有小本账簿,记录每天的开销，也清楚旅费剩余多少。豆浆两杯，一杯八毛，炒西红柿一盘八元，清面两碗十二元，矿泉水六瓶六元，雪碧一瓶三元，公交车四趟八元，景区门票两人八十元。完成今天行程，坐在旅馆窗口的我，摊开账本，巨细不漏地记着一笔一笔的花费。常常记了这笔忘了那笔，隔日电光一闪，哦，忘了记一笔，买了一个哈密瓜十二元。

也许新时代的开悟者，未必徜徉于吟风赏月，而是在一本小小账簿中顿悟本心，我是这么认定的。

从敦煌、哈密，到吐鲁番，我们放弃一般旅行会排定的景点，如葡萄沟、坎儿井、苏公塔，把时间留给高昌、交河、博物馆、千佛洞。就像去云南，没去观赏张艺谋导演的"云南印象"，这次行经西安，更无意赏玩"丝路花雨"热门的乐舞，而是与西安人共尝豆浆、馍饼，同享热腾腾的汤面。

不知李白所言的"长安一片月"有多浪漫，我虽无缘相见，却无半点遗憾。行经各省的村落小道，晨光、霓虹灯照着我风尘满袖，这里的地水火风与我身心的地水火风是同体的，仰望天空：山川神灵呀，人不曾离去，只是再来。

旅行的浪漫我不懂，只知聆听真心，走自己的路，踏踏实实过生活。

行走天涯到底要带什么上路呢？没有标准答案，你的不会是我想要的，我的也不会是你想要的。人们总为旅行打上七彩的灯光，而旅行的面貌如海洋瞬息万变，凡人只能惊叹其表象，无法究竟其本体。

旅行时，别忘了带上随身账簿。豆浆、汽水、汤面……这些琐碎串联起旅行与人和物的对话。某日下雨的黄昏，走了四十分钟才觅得一家小店，在询价与搜索物品时，和老板闲话家常。他二十五岁结婚，今年三十六岁，有两个女儿。雨停时，相互道别前才发现，在新疆遇见一个安徽人，他也一样是个旅人。

账簿载入的是旅途的起点、终点与过程的完整缩影，一笔一笔褪去旅行的光圈，让旅行回归到穿衣吃饭的寻常日子。

高昌曾是玄奘大师驻锡说法之处，而今这里的人只知有个破落的小城，有位经过火焰山取经的唐三藏。再无人记起，有个二十六岁的青年，他历经万死一生，在黄沙漫天中，挥洒他救世的满腔梦想。

梦想不在炫耀的舞台，不在万众的掌声。如果，你懂得几分玄奘大师的心,就会明白:梦想之路,只为他人得离苦,不为自己求安乐。

苍穹下的塔寺

## 嘀嗒嘀嗒——角落的菩萨

嘀嗒嘀嗒嘀嗒嘀嗒
时针它不停在转动
嘀嗒嘀嗒嘀嗒嘀嗒
小雨它拍打着水花
……
嘀嗒嘀嗒嘀嗒嘀嗒
整理好心情再出发
嘀嗒嘀嗒嘀嗒嘀嗒
还会有人把你牵挂

这首歌是二〇〇九年三月暮春,回荡在丽江曲折的胡同中,店家不断播放的歌曲。记忆里那个女声清新却有着淡淡的沧桑,猜想应是素人歌手吧。

二〇一二年五月,在吐鲁番的饭店,整理当天的游记,构建明日的脚程,饮着粗糙无味的红茶,惊闻"嘀

苏巴什佛寺里的菩萨

嗒、嘀嗒、嘀嗒、嘀嗒,时针它不停在转动。嘀嗒、嘀嗒、嘀嗒、嘀嗒,小雨它拍打着水花……"。推开窗,入夜十点半的南疆,天空才缓慢地点染上几片晚霞。这音乐,从黄昏的缥缈处似远又近传到我的耳畔。

嘀嗒嘀嗒,时针它不停在转动,这趟行旅,风沙漫天。第一次,领悟到天高地阔,那一眼望穿的无垠戈壁,人只能一叹:"大美无言。"佛经里的"一时",不谈年月日,不标注地点,就是打破人对时间的成见与框架。佛陀宣说华严妙法的"七处交会",如光光相融映照,人、时、地交会并存。这一时,也许是过去、现在、未来同时合会,人们只执取光影的一角,辨识为"二〇一二"。

从敦煌到哈密,行至吐鲁番。吐鲁番的四日,五十摄氏度的高温,时间的嘀嗒变得清晰迟滞。汗逼不出一滴,我如抱着火团在移动着。这样的灼烫,却有异常的宁静,吃着小馕,甜香四溢。碧空如洗,这般地湛蓝,踏在风沙飞扬的戈壁中,拍下那个小男孩害羞的憨样。"你几岁?"小人儿比出三根指头、四根指头,"哦,你三岁半。"小男孩满意地笑了。

"这石头,你买不买?"我摇摇手,谢谢风霜满面的中年男子。至诚合掌,向洁净的心海许愿:愿那时的佛国如明珠耀眼重现,祈请诸佛、菩萨暨龙天,怜悯此地的子

途中偶遇的孩子

民，把甘露再遍洒这片荒漠。

拿出背包的"龙天护佑"小佛卡，送给这对父子，用最简单的言语，告诉他们，心存善念，做善事，善心人会得到上天的保护。我在吐鲁番，把佛教的吉祥物，亲手赠予信仰伊斯兰教的维吾尔族朋友。看着他恭敬地把佛卡捧在手掌，转身道别，惊见，我们被四周金黄的光晕圈着。此别，虽明天海角天涯，但今朝一照面，已结下一段来年再续的法缘。

在苏巴什佛寺遗址，偶然看到蹲坐角落的菩萨，应是在殿堂高坐，彼时却被弃之尘埃。

行旅归来，依然过着寻常日子。

行前圆满《四十华严》，接下来夜诵一百卷的永明延寿禅师的《宗镜录》。

"何时见到你这次旅行的游记？"

"可以借我看看你拍的照片吗？"

旅途中极少用文字记录心情，所记都是景点的交通资讯、开销的账目等等，因为，旅行要面对数不尽的琐碎，加上学习要全神贯注在当下的眼耳鼻舌身意。情绪如水泡、影像、石火、电光，弹指无量生灭，早不复捕捉、记忆。

只要有人问起，我就变得像个赌气的小孩，显得有些恼怒、不耐。

照片听不到风与树的绵绵情话，也听不见戈壁悠悠的哭声；拍不到我脚底的沙粒，它们晶莹的珠泪为挽留我不要离去；也拍不出旅人的夜，有高贵的静默共眠的凄美。那数千张照片对你而言仅是风景的亮点，对我而言是镂刻心版的"贝叶经文"。

所记的，只是林中抓取到的片叶，愿人们谦卑地理解旅行对开悟佛性的甚深课题。

夏季雷雨未歇，Google一下，查到《嘀嗒》，是位大陆女歌手侃侃唱的，这首歌是电视剧《北京爱情故事》的插曲。生命的时针不停地走动，而你我的故事也不会停止转动的。

下一站是库尔勒，有着美丽的孔雀河流过的城市。

苏巴什佛寺边

## 归人的乡愁——铁门关

离开戈壁荒凉的吐鲁番,心情是悲欣交集的。下一站的库尔勒,听说,环境较干净,也能看到绿树。绿色是我生命的"原色",虽然欢喜各类的香华,但在花与树之间,我依然钟爱那深深浅浅、浓浓淡淡的绿意。

在吐鲁番的三天两夜,每天房间有挥不去的苍蝇。临走那晚,我无聊往窗口下望,霎时,答案揭晓:住房下正是垃圾场,难怪苍蝇飞不尽。"为了给你们安静,所以排最后一间客房。"入住前,在柜台办理手续时,那甜美的经理,如是和我说着。果真,世间的实相,不可被语言、文字所惑。

若要问我,会再去火洲的吐鲁番吗?当然是肯定的,那里有玄奘大师行止过的高昌故城,有距西安八千里路的交河。读过李白的诗作,他曾感伤交河的遥不可及:"玉手开缄长叹息,征夫犹戍交河北。万里交河水北流,愿为双燕泛中州。"在交河的黄土地,你像走进了天地的尽头，文明的终站，像一片孤云独立在宇宙的苍茫之间。

吐鲁番无垠的戈壁，对我而言仍是庄严静寂的坛场。旅行与生活一样，当我们一层一层剥去那些美好却不实的幻觉，贴近真实心灵的冷暖寒暑，会领悟，没有一个人的生活是完美的，更没有一趟旅行是浪漫的。

中午十二点的客运，近下午六点才抵达库尔勒，街道干净，蒙着面纱的维吾尔族人少了很多。带上路的两个小馒头打发了午晚两顿餐。这酒店挂四星，入口处设有豪华石阶，却没有行李通过的"平台"，客人要拖着重重的行李越过台阶。办好酒店的入住，放下行李，为了舒展蜷曲六小时的四肢，我们沿着酒店的前方漫步。很幸运找到一家小面馆，老板愿意帮我们煮素食。咀嚼着一盘青菜，啜饮着西红柿清汤，此时此刻的满足，只有奔驰过百里千里的旅人，才能意会到。人的心，其实需要的，真的只有一点点。一点点填饱肚子的食物，一点点安身的床位，一点点对明天的希望与期待。这么一点点，可惜，自以为聪明的人类，他们永远看不到那一点点闪烁在心头的不灭的星芒。

酒店附赠的早餐包办给了邻近的饭馆，我们拿着餐

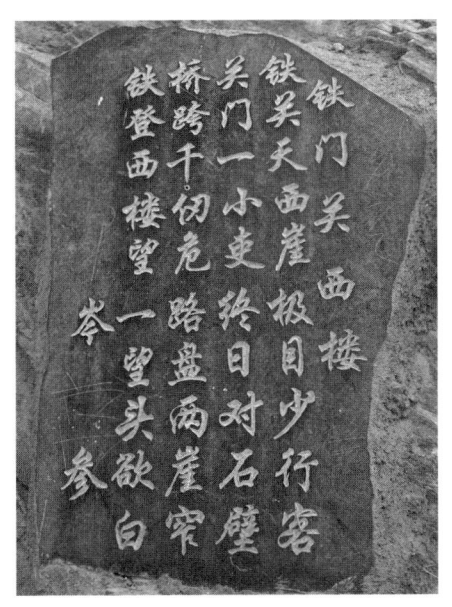

铁门关诗赋

券,看着门口摆设的各类面点,挑可以吃的,最后还是"馒头"胜出。这次的旅程,让我天天吃馒头,也算是有趣、新鲜的经历。铁门关,因为西行求法的高僧大德都曾留下足印,所以,休息一夜后,我们探询好交通,忍痛坐出租车前往,因为地处偏远。四十分钟的车程,车从笔直的马路转入羊肠小径。

铁门关是古代丝绸之路翻越天山必经孔道,也是兵家要地。玄奘从飒秣建国转向南行,中途经过喀什,再度深入崇山峻岭,跋涉两三天后,他穿越了极为崎岖的高原,进入闻名遐迩的铁门关隘口。唐朝边塞诗人岑参过此地,作《题铁门关楼》《宿铁关西馆》两首诗。

到铁门关前,天色灰暗,丝雨飘散。我有点焦急,荒郊野外,也没见出租车,要怎么回家?只得询问司机师傅:"这里,可有回程的公交车吗?""应该没有。""那您愿意等我们一个多小时,载我们回酒店吗?"付完车费,背起随身包包,开了车门后,师傅已扬长而去。叹了一口气,放下吧,下一站的旅程,还是要继续。

雨飘着,一点一点飘在我的脸上,像雪花的清凉。刚刚的忧虑已抛在脑后,完全关注当下的美景。拍下岑参的"西楼诗",触摸着古时的拴马石,这石,也许玄奘的白马曾驻足过。由于日前有洪水冲刷,造成"土石流",路况欠佳,能通行的路是走不远的。

回程,不死心,再去向景区的服务员打听,她告知,下午一点会有一班旅游专线回市区,仅有的一班,提醒我们别错过。结果差点错过,因为上车的地点不是在景区的入口,而是在他处。幸好,口渴去买哈密瓜,闲聊起来,当地人告诉我们候车的正确地点。在新疆吃哈密瓜,不在哈密,却是在飘着雨的铁门关。人生的因缘,难以预料。

带着岑参的诗,"试登西楼望,一望头欲白",配着肥硕的瓜果，天空洒下的雨，也有着难以言喻的甜蜜。坐在萧瑟的铁门关，极目遥望，千仞的石壁中，隐约看见诗人在雨后，在风中，飞散三千丈的白发，呜咽着，那防守边陲无数旅人的乡愁。

铁门关的天然拱门

## 在左岸右岸寻觅自己——孔雀河

这一路住宿的地方,最合我性格的属快捷式酒店。连锁管理的如新连锁酒店、7天酒店等等,房间虽小,但打扫干净,有需要服务时,一通电话,几分钟,就听到服务人员在门口按铃。反观挂上星级的饭店,倒有一种高级的骄慢。这是在旅途五十多日,入住近二十家旅馆后所观察到的。

到了新疆,连续几个点都住到星级以上的饭店。有一天,终于忍不住发短信:"一诚,可否换连锁酒店,这样经济实惠,反正只是睡觉。"走到了新疆,账目越记越多,旅费越来越少,开始精打细算,往下的里程,旅费是否足够?

答案是,在新疆,凡一切外宾均有所管制,须入住有办理"涉外业务"的旅馆,能达到政府的要求,必然是星级的酒店。原来旅行,想要精算省钱,未必随心所愿,还有法令的限制。

昨天在铁门关，那三片哈密瓜，让我腹泻不停。明明饥饿不堪，走了两三个小时的路，却一片苏打饼也啃不动。上午休息，喝着淡淡的老茶，整理着笔记、账目。下午向酒店人员及邻近的摊贩询问路程，算算不远，我们决定步行到孔雀河。

孔雀河是一个富有诗意的名字，它是一条穿过城市的河流，是极为稀有珍贵的，这是行前读到的些微"资讯"。到了当地还看到孔雀公园，也许是临水建树，那款款柔软的行树，让我一眼就喜欢上这条河流。漫步在河畔，水声、松涛像是丰沛的能量，让我洗去一个月的疲惫。

我坐在河畔，眼底走过的人呀，他们看我是异乡人，我看他们则是久别重逢的故人。业海茫茫，隔阴之迷，换

孔雀河

个身躯,你不知我,我却相信法不孤起,仗缘方生,这一时的重游,过去、现在、未来瞬时交织重叠,空气里闻得到旧时相识的味道。

库尔勒的维语叫作"眺望",因为它拥有雪白的天山,还有一条绚烂如孔雀的大河栖息在这座城市。依着栏楯,我眺望河的对岸,有现代化的高楼,河水流走古典醇厚的时代,载来的是钢筋水泥封存的冰冷时代。

整个午后,我走向一片深绿,尽情纳受孔雀河两岸带给我的古典与现代的滋润。如果你问,走过丝绸之路,可有失望之感?我可以肯定地告诉你,一点都没有,因为,我没有带一丝丝玩心上路,带着一颗谦卑的心,向天向水,向风向雨,向阳光向和风,向云朵向这大地的神祇,祈求这万万亿亿的人们,彼此互信互爱互助,转浊世为净土。

某个黄昏,我在孔雀河的岸边,寻觅着自己。宽敞的园区,有人打着拳,有人舞动长剑,有人细细碎碎地唱和着小曲。恍恍惚惚,像在河畔睡了长长的一世,醒来,想回头,这河已催我上路。

回程的路上,钻进小巷,喜见一间"没事找茶"的铺子,原本想要买杯奶茶喝喝,但腹泻未止,只能作罢。晚餐吃什么?看到什么吃什么!这是旅人的王道。遇到一家包子店，买一笼高丽菜小包子，共八个，花了四块人民币。更幸运的是，我们撞见一家超市，挑了几根小黄瓜、一把青菜、两三个西红柿，这些足够我们吃两三顿了。

到了旅馆后，简要记录当天的日志，手机响了，是一诚发来的短信："库尔勒治安还不错，孔雀河畔住的黎城酒店还行吗？后天的车票问了吗？"这是全程护航的一诚居士天天传讯的关照。要感谢的人太多太多了，师长、父母、护法们，还有同参道友们，这趟旅行，不是我一个人在行走，我是带着你们一起往前走的。

九点多，窗口才慢慢地晕染了橙红的晚霞，我在霞光里眺望，穿过这河及这座城市，把我心上的安静、祥和传递给远方的你们。喝着西红柿汤，电视上报导轮台地震，原本的计划要做更改了。旅行充满变化，如同人生一样，每个转角处，每场聚合、离散，这些人、这些事，都是完成你我生命故事不可或缺的剧情。只要经历，只要感谢，不要评论，因为，每件事的发生，必定有神圣的意义存在。

## 龟兹：热血的梦土——一个追星族的等候

二十三岁出家二十四岁受戒后，家师星云上人是我的偶像，鸠摩罗什大师的行止，是我热血所向往的梦土。总在想，某年的某一天，我踏上那个遥远的地方——在地球的方位名为新疆之南，听说那里是戈壁盘踞，飞石风沙狂作，不见青山绿水，一个寂静荒芜的地方。

二十五年后，我才走到了龟兹，俗世的追星族，不过一日一夜排队等候入场，而这场与心目中的大师相遇，我等了二十五年。原来人的心，如此澎湃，也可如此安宁。

库尔勒三天两夜，每天例行到住处的小店铺买瓶水，卖价比酒店便宜两到三块人民币。旅行，让我们发现害怕，同时也发现勇气，逐渐稀释害怕，陪伴害怕，成为彼此的生命伴侣。这个黄昏，我们装好六瓶水，"师父，你们从普陀山来的吗？"一位二十多岁、长得帅气高大的女孩问。"我们来自台湾的佛光山。""那么远，来旅游的吗？""我们是来朝圣的。"这个年轻女孩是警察，我拿出袖珍本的佛光菜根谭和龙天护佑的挂饰，简单地和她讲说了一些佛教的常识。"师父，你们买的水，我来供养。"不禁惊讶才谈话十多分钟，她对皈依三宝及台湾的出家法师是无私奉献已略有认识。

这个黄昏，我认识一位库尔勒的公安，我们谈论"信仰对人生的意义与价值"，从她发亮的眼球，我相信，在一个无神论的国家，只要有生老病死，人的心依然需要宗教的慰藉。

从库尔勒到库车是二百八十公里，买的票是中午十一点半的，预计四小时抵达。这个上午，偷得半日闲，冲泡着宾馆无味的红茶袋，配着剩余的维吾尔族甜饼，翻读着关于拜城东克孜尔千佛洞的介绍：克孜尔千佛洞位于拜城县东克孜尔镇东南的戈壁断崖上，南临木扎提河。大约开凿于公元三世纪（东汉末年），衰落于八世纪末，其间五到六世纪最为兴盛，为新疆最大的石窟寺群。

水煮青菜、西红柿汤充当午饭，巡查随身物件，整理好行李，带着朝夕相随的馒头，远方正向我走来，中午的阳光，像团火球追逐着我。我不需要龟兹的乐舞，那太喧哗；也不想载走孔雀河的柔媚清亮，为我歌咏。我只想，用最素白的心，走向龟兹，把我的脚印重叠在罗什大师走过的路。曾在大师被软禁十八年的凉州（今甘肃武威）鸠摩罗什寺，礼拜大师的舌舍利塔，顶礼忏悔年少的无知及孟浪，和相信俗世的人以凡心揣测大师为了译经"破戒娶妻"的传闻。

跪在罗什大师的塔前，依稀闻得到，那风如净土八功德水的纯净，那日如琉璃界的光洁。千年后，这片圣地仍未染一尘。大师这么说："谤言，未损我一分；称誉，也未增我一分。"大师说："我所做的，只是微尽报恩的本分。"

罗什大师犹如一颗明星，我多年追着这点亮光，目不暂舍，寸步不离。奔驰在高速公路上，龟兹近在咫尺，天涯已缩成眼中的小幅窗景，追星的我，正迎向热血的梦土。

## 坐拥天空的巨人——鸠摩罗什大师的一默

腹泻导致我三四日几乎呈断食状态，奇异的是，没影响既定的行程与探索的游兴。龟兹是鸠摩罗什大师的出生地，是怎样的山川，怎样的水质，滋养出这么一个内心丰沛、灵魂强而有力的圣者呢？

到龟兹，已经是六月十六日，行程的第三十九天了。早上搭着出租车到拜城的千佛洞，入口处，罗什大师的塑像静静地盘坐着，他一生充满着传奇……

第一件传奇，七岁悟万法唯心。他生下来就聪明非凡，七岁随母入寺，头顶着铁钵玩，忽然醒觉：这个钵这么重，我人这么小，如何顶得起来？这念头一生，顿觉钵的重量，再也无力承载。七岁的他，就领悟到万法唯心。心若无分别执着，就没有轻重；一生起分别妄念，一切现象就随之而生，应证万法唯心，实是境随心转。

第二件传奇，七万大军迎请。苻坚为了罗什大师，派出吕光大将攻克龟兹国，打了胜仗，马不停蹄入龟兹国迎请大师。出动七万大军，为了争取一个人，这是前所未有之事。大师为了不让生灵涂炭，劝谏龟兹王和谈，罗什大师就这样随吕光的七万大军来到中国。

第三件传奇，二次破戒的真伪。现今大家爱谈论公众人物的绯闻、八卦，有关罗什大师"二次破戒"的传闻，传了一千多年。第一次，因吕光的胁迫，被迫娶龟兹王女阿竭耶末帝，被软禁在凉州十八年。后秦弘始三年（四〇一年），姚兴攻灭后凉，吕隆出降，是年十二月二十日，罗什大师抵长安，被以国师之礼待之，信徒数千人，公卿以下皆奉佛。传闻大师再次在姚兴的逼迫下纳受十名伎女。

后人认为罗什大师为了译经事业的开展，面临环境的胁迫，不得不破戒娶妻纳伎。但仔细推敲，比如，姚兴，他是个什么样的君王呢？据《肇论疏》："秦王姚兴。道味玄深。游心佛法。托志大乘。乃著通三世论。"唐代僧人释靖迈于《古今译经图纪》卷三说："姚主兴待以上宾之礼法师罗什亦挹其风仪。厚相崇敬特异常范。"

此外，姚兴著有《通三世论》《通不住法住般若》《通一切诸法空》《与安成侯姚嵩义述佛书》等论，可见他深研佛法，"什师宣梵，秦主亲执文对译。方等诸经，乃所译也。"从《肇论略注》这段记载可知，姚兴也参与

卷一·南北疆旅 ‖ 043

译经,并待罗什"奉之若神"。一个游心大乘佛法的居士,对大师崇敬有加,具有这般素养的君主,何以做出破清净僧戒之事?难令人信服。

再者,吕光是位大将军,他会那么粗暴不堪吗?《晋书》里,苻坚称赞吕光"忠孝方正"。段龟龙撰《凉州记》,言吕光"性沉重,质略宽大有度量",《<十六国春秋>纂录》中谈论吕光"沉毅凝重,宽简有大量"。

吕光也许对佛法没有兴趣,但依他的宽厚大量的性情,怎会做出狎弄、羞辱名僧鸠摩罗什,并胁令其破戒的恶劣行径?这样的可能性极低。从这些记载足可明鉴,罗什大师的破戒是世人以讹传讹,是《晋书》撰述的渲染、附会,是人们以凡心揣测圣者的行谊。

一千五百多年前,罗什大师从未对这些八卦答辩过一句;一千五百年后,我凝望,蓝天下被璀璨光圈包围的他,仍是巨大的一默。谣传对他无损一毫,在长安的译经场七年,领导近八百人埋首译述佛典。千佛洞的万尊泥佛的眉目

野生白葡萄

早随时间侵蚀风化,遥想当年,罗什大师为他热血的佛教,甘于软禁凉州十八年。他这一坐,人间恩怨是非已过千年;他这一默,比万钧雷电更令人敬畏。

回程,开车的王师傅指着路边的野生葡萄树:"这果实很甜,法师,我采一些给你们尝尝。"在龟兹的夏天,我平生首次品尝着白葡萄的滋味。它有出奇的浓香,粒粒大如珍珠,味如蜜酿。这果子,就像罗什大师为我们留下的典范,历经千万年的岁月风化,散发出的甜香如蜜,一如往昔。

## 库车王府的午后——一朵红玫瑰

一日游的出租车费用是三百元人民币,当天走访千佛洞、苏巴什佛寺遗址等,由于地处僻壤,并无公共车辆可乘坐,为了省时省力,只得以租车的方式完成这段旅程。

一路从敦煌石窟、吐鲁番的克孜尔千佛洞到拜城的千佛洞,这些皆是国家级的文物古迹,只开放其中几个供游客观赏。窟内漆黑,为了保护,只有导览员可使用小电筒,他们四处晃晃照照,指着说这里有飞天乐舞,那里有佛本生传的故事……如果真能在这么暗的灯光、那么模糊的画像中，辨识出这些图案，除非有天眼神通。到了新疆，除了感叹还是感叹，与其这般维护千年古迹，不如宗教政策稍作开放，让守清规制度的僧侣可公开宣讲佛法，让民众有听闻正法的因缘。

腹泻略有好转，昨晚返回旅馆前，到小商店买了康师傅的酸梅汤作为庆祝。饮着梅汤如甘露，旅行果然让人重回到最原始的感动。

今日，我们计划到古城、博物馆、库车王府。新疆日落晚，和北京时差两小时，所以早餐是九点，博物馆开放是十点半。吃完早饭，九点半，我们在旅馆门前等出租车。师傅载我们到王府，车费十一元，车程二十分钟。大门的富丽堂皇，雕饰美不胜收，美丽的维吾尔族人，建筑的繁复多工，都令人叹为观止。门口标示4A级景区，要价五十五元，叹一口气，到大陆旅游，门票是一笔难以预算的开销。

王府是二〇〇四年重建的，花了一千多万人民币。这里还住着八十多岁的末代王爷，要晋见得先预约，然后得再付费。王府附设的博物馆充其量是图片的展览，里面布置个王爷招待宾客的厅堂，再摆放些王爷乘坐的轿子，等等。走访库车王府，免不了有失望之感。幸好拍到咏罗什大师、苏巴什佛寺的诗偈，算是意外的惊喜。

也许庆祝得太早，酸梅汤让腹泻像退去的浪潮又重席卷来。一星期的间接断食，让我体力略显不足。坐在石阶上小憩，园里的玫瑰绽放如宝石，在我眼里闪烁。王府不见王爷，未有遗憾，午后能与一朵红玫瑰相看，疲软的身心顿时吸足了元气。

走出王府，沿着团结路走到龟兹古渡。路上偶遇两个小孩，说着好听的维语。一旁的年轻父亲现场翻译：小朋友说，你们的衣服、笑容很好看。信仰的差异并未拉开彼此的距离，我随手给小孩六字大明咒的小佛卡，告诉他们的父亲，带在身上可以平安，小孩可以读书聪明。年轻的父亲一听可以读书聪明，很欢喜地接受下来。

龟兹古渡的繁华流淌而来，那维吾尔族的呢喃宛如歌咏，还有一路与维吾尔族乌亮的眼眸交会，都成为我新疆旅途最美的记忆。

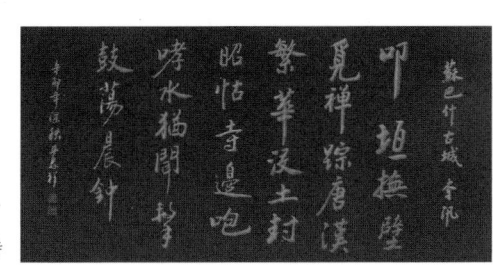

苏巴什佛寺诗

龟兹古城已隐没于野地杂草堆里，只余一块石碑供人凭吊。一切以商业开发为导向，陪葬一座古城，再重建一所王府，这是人类自以为聪明的选择。

回到旅馆，打开团结路买的馕，配着青菜汤充饥。窗口是满天的晚霞，在库车停留的两夜，夜夜好眠。台湾的道友关怀的短信传来："咳嗽可好了吗？"简要地回复："走到敦煌，咳了三十三天，总算好了，现在完成当年玄奘大师走过的高昌国、吐鲁番、库尔勒、库车……"

下一站翻越天山大峡谷，经大小龙池，我们将抵达海拔三千米的巴音布鲁克草原，意为"丰饶的泉水"。从酷热的四十摄氏度到三千米高山的低温，旅行的冷暖，你得照单全收，心不动摇。抖落今天满身的尘埃，昂首迎接明天的旭日东升。

## 天神的冠冕——独库的龙池

库车三日，心情是哀凄的，戈壁无垠，荒烟漫漫，克孜尔千佛洞，无一寸是完整无缺的，佛鲜丽的面容模糊，富态端严的肢体残败，千年前驻锡于禅窟的僧侣们，只存留拂不去的沙尘黄土。凝望蓝天下的罗什大师铜像，千言万语，都淹没在脚下的风沙中。

完成库车之旅，脑中盘旋着问号，上不上巴音布鲁克？大陆的朋友原计划请巴音地区的司机发车到库车的旅馆载我们，考虑到高山小道沿途弯曲狭隘，以轮胎厚实的吉普车乘载，可确保人车平安，费用是一千三百元人民币。

一千三百元，这么昂贵，还没加上食宿及杂费，身上的盘缠足够否？大陆朋友好意传来短信："满济法师，您把工商银行的账号传来，先转些款项给您应急。"出门靠朋友，但不到最后关头，绝不愿轻易动用人情的资源。

巴音的绵延草原

民房的门饰

仔细核算身上的现金、银行卡的余额，还有三分之一的行程，真的有点紧张。当下有点悔意，旅费带得不够充裕，才造成今日的局面。既来之，则安之，心里默默祈求菩萨暨护法的帮助。

果然，人有诚心，佛有感应。旅馆的经理，帮我们找到出租车司机，费用七百元。观望天色，这几日应是无风无雨。独库公路贯穿天山南北段，山里有大小龙池，有玄奘大师曾走过的足迹。不贪恋巴音草原的美景，而是一份孺慕之情，想要靠近大师的气息。

独库公路，军人花了十年时间在一九八三年修通，有一百二十四人为此献出了年轻的生命。这条被誉为全世界最美的公路，接通了库车、伊宁和乌鲁木齐，让人们饱览天山四季绝美的风景。开凿它需要翻越四个海拔三千米以上、常年积雪的达阪（意为冰雪簇拥的高山），跨越五条险恶的河流，凿通三条高山隧道，修建两座防雪走廊。

青龙寺——惠果授法于空海

碧海连天的赛湖

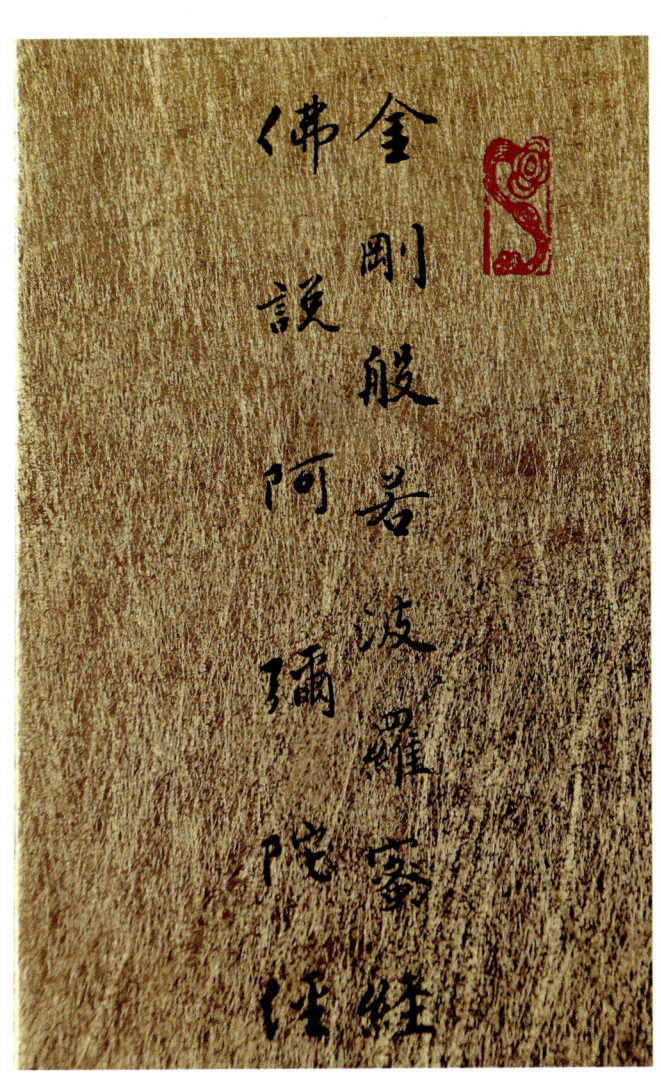

金剛般若波羅蜜經
佛說阿彌陀經

一路陪伴的小经书

宣说华严盛况的菩提场

这是浓缩整理后的独库公路的资料。

早上在旅馆用过早餐,九点出发。路上,贴心的王师傅买了大馕和罐装的冰糖雪梨,让我们解去饥渴。这二百多公里的山路,会以何面貌呈现,心里有些期待。路越行越往崇山峻岭,峰回路转,你得上独库公路才能领悟到这句话的内涵。雅丹地貌果然有鬼斧神工,那随着车行过的重重无尽的壁垒,分明是上天的巧手雕琢而成。

白头羊黑头羊无视人车,是人要闪羊不是羊要躲人。第一次见到羊儿成群闲适地在公路上漫步,蒙古包随处可见,眼前逐渐展开草原牧羊的风情画。温度明显下降,从三四十摄氏度的高温降到二十摄氏度左右。高山冰雪的干冷,平地的湿寒,味道温度都不同。高山的冷让人清醒,平地的寒则令人昏睡。

大小龙池,一入眼球,叹为天神的宝冠,它是镶嵌在雪山的翡翠,气质高贵迷人。立在龙池水边的我思绪万千,昔日的玄奘大师横越这座天

布达拉宫

山，他所见的龙池今犹在，而曾经的佛国之地，今已人事全非。

远方的大雪山，山顶上的霜雪未融，点点闪烁如黑夜的星束。龙王"舍宅建寺"的传说，已成为神话故事了。

再远的路，总有尽头，眼里的风景，从戈壁翻到草原的新一页了。有着"富饶的泉水"之称的巴音布鲁克，以豪迈的蒙古雄姿等着我们的来到。这一夜，我们抛却沙尘悬壁的单调，寻到富饶多彩的草原，饮着甜美的泉水，用这一片深绿，为这段旅程添上一笔奇遇。

独库的龙池

## 看见展翅的天鹅——巴音的齐齐格

在台湾成长的孩子，记忆中的草原，北有擎天岗，中部有清境农场。到了巴音，那无边无际的绿野，气候从南疆四十摄氏度的炎夏转为高原十几摄氏度的深秋。这是最舒适享受的旅途，每一寸风景如画，不是天连着地的深绿即是水边棋盘的蒙古包。下午，约四点抵达目的地，王师傅载我们到入住的银镫酒店，老板娘有佛教信仰，我们叫她张姐，六月是草原观光的旺季，张姐一脸的疲乏，但还是打起精神介绍附近著名的景点，比如天鹅湖、九曲十八弯等等。坐了整个上午的车，最想要的是停顿，渴望在这里的街道吸纳蒙古族放旷的气息。

放下行李，两张小床附加浴室，环境算整齐干净。到附近的市集觅食，小面馆门口贴出的标价，青菜一盘要三十元，其他的料理更不用说了。看来，还是找超市买些材料吧。逛到附近的小商铺，买了苹果、酸奶、粉丝、辣榨菜、水六罐，花了四十元，够饱食三四餐了。到了大陆,吃饭事大,为了节省开销,当地的速食包,超市贩售的小菜,如辣榨菜、酱瓜等等,打从北京起,一路吃到新疆,早就把黑心食品的顾忌抛到九霄云外了。幸好佛祖保佑,肠胃没吃出什么问题。

晚餐是苹果、水煮粉丝拌榨菜丝,饱食是旅人最平凡但也是最渴求的幸福。七点不到,起风了,温柔的蓝幕,霎时换上密布的黑云。摊开账本,记下这一两日的支出,短信联络下一站的行程、住宿。旅行,是一种生活的学习,如果你认为旅行是浪漫是放逐,那么奉劝你去住度假酒店,那里干净舒适,让你的感官有无比的享受,那里专门制造碧海蓝天的梦幻天堂。

自助旅行是归零是空白,就像禅门学僧求取悟境,身心备受煎熬,将里外的冷暖暑寒融成一味。

休息一夜后,八点在旅馆吃早饭。看到桌上有热热的稀饭、炒青菜,心里暗暗地欢呼。吃饭、刷牙、整理随手背包,似乎变成每一站的固定模式。走出门后,笔直的马路两边都是草原,这是在台湾从未见过的。风吹得又冷又急,耳朵

绿松石饰品

都快冻僵,小围巾忘了,塞进了背包,每走一步,露出的手、脸、脖子像被冰刀刮伤。

四十分钟,走到天鹅湖入口,门票七十五元,景区电瓶车一人六十元,两人共二百七十元。买票前,同伴随口询问售票人员:"这季节还有天鹅吗?""没了。"如此坦白的回答。没天鹅去天鹅湖做什么呢?算了,省了二百七十元吧。我们选择午餐后,在巴音附近转转。

巴音的市集

入口处有当地的饰品,"偷"来的时间,就四处随兴观赏。走了四十天,手边只有细沙、石头、瓦当,并没看上任何的纪念品。那绿松石的银饰入眼,设计不俗,朵朵像春天绽放的鲜美花瓣。"小姑娘,你这货从哪来的?""从蒙古来的,是我姐自己选材料,式样都自己设计。""这样哦,那你是蒙古人?""是呀,我们也信佛,外婆教我念阿弥陀佛。我身体不好,大师,你们可以帮我祈个福吗?"帮这位蒙古女孩默诵一部《心经》,稍为解释心经可以消灾免厄，千年前的玄奘大师就是诵这部心经才得到护法天神的保佑，安全完成西行求经之路。

意料不到，会在巴音的草原买到来自蒙古的宝石。临别时，我问她的名字，小姑娘很开心地答道："我的蒙古名字叫齐齐格，是花朵的意思。"

在巴音，蓝天下，路灯的造型是昂首展翅的白天鹅，我虽没见着湖边的天鹅，也没见识到九曲十八弯的奇景，心中却无一丝遗憾。因缘的风，吹着我走向草原的家乡。那样的午后，我将永远记忆：一位蒙古姑娘，有着花朵的名字，我们相遇，然后再带着齐齐格的芳香，互道珍重、再见。

## 最接近天空的草原——深绿的那拉提

从戈壁荒漠的南疆，转往巴音布鲁克，抵达那拉提，南北疆有天壤之别。一个是幽黑的密境森林，另一个是深绿的快乐原野。这段行程如果不是从南疆走到北疆，是从北往南走，不知心情会有什么不一样的转折。巴音两夜的休整，许是绿色能量的补给，疲乏的身体获得不少舒缓。

人为什么要旅行？为了放逐，为了遗忘，为了疗伤，为了重生。答案可能因人而异，但我为什么要旅行，由始至终，就是为了学习。从川流奔驰的车辆，从陌生人眼神的交会，从市集饮食散发的味道……我学习到，每个人所处的世界何其渺小，你的世界，绝对不等于全部的世界。

早餐去大厅吃饭被拒，服务人员认券不认人。委婉告知，依然失灵。我和一位领队无奈地去柜台唤醒沉睡中的张姐，她开好餐券，我们终于可以有一席之位吃饭。只认券不认人，餐餐都要领券的管理，增添双方麻烦。想不通，那么早真的会有人跑来旅馆偷吃吗？由于张姐昨晚告知，上午有顺风车到那拉提，并无订下确切时间，加速吃

哈萨克族的房子

完早饭，回房打点行李，不料刷牙时，张姐已在远处召唤："车子来了哦。"背起包包往外急走，顿时领悟到，人真得随时准备好，属于你我的死亡列车，可没有打上时刻表。

由于张姐的关系，司机要到那拉提载客，就让我们搭乘这趟顺风车。省了四百元人民币，能省一分是一分，这四百元换算两千元台币，对旅人等同黄金。近两小时车程，抵达天缘酒店。那拉提正在整修扩大道路，当地人说，七月的旅客会更多，要赶在六月底完工。路面坑坑洞洞的，钻探机器声不绝于耳。

午餐在附近的面馆吃西红柿汤面，两个人花了十九元。带上水回饭店，天缘的住宿很阳春，像台湾的救国团青年中心。冲泡在巴音买的茶叶配开心果，我们享受着那拉提的下午茶悠闲时光。天缘的老板娘提醒我们，这里的紫外线比吐鲁番还强，所以要下午三点后再出门。

偷得浮生半日闲。喝完下午茶，洗涤衣物，记记杂感。窗外的艳阳依然高照，三点半出门，搭了

那拉提入口

当地的三轮车，一人五元，门票一人七十五元，上山的电瓶车，一人六十元。在大陆各地旅行，现在不只门票高涨，还有要另外付的区间车费用。

上山望向那拉提，才明白它为何被人们称誉为"天山深处的绿岛"，那圆满饱实的绿光，像颗颗闪亮的绿宝石。空中草原，人满为患。那拉提草原有所谓的"一山四景"，冬景雪山、秋景森林、夏景山峦、春景草原。呈现在我们眼前的，就是春景的绿色大草原。那拉提之名，是太阳。传说成吉思汗西征时，有一支蒙古军队由天山深处向伊宁进发，时值春日，山中却是风雪弥漫，饥饿和寒冷使这支军队疲乏不堪，谁知翻过山岭，眼前却是一片繁花似锦的绿野平原，流水淙淙，犹如进入另一个世界，此时云开日出，夕阳如血，蒙古军不由得大叫"那拉提（有太阳）"，"那拉提"才成为一个地名。

毡房里

阳光之谷的那拉提，夏季的草地黄花遍布。我拥抱这片深绿，张开肺叶深深地呼吸着。日出的那拉提呀，祈愿世人之心如阳光亮洁，如草原的广阔芳香。

## 克勒涌珠的碧海连天——伊宁一日游

"偶然听到别人提起你的《福报》游记,天真地以为你还在丝绸之路旅途。乍然发现与小王子结识已四年,你调到佛光文化后,安静得好像不存在。"这是一位小读者写来的简讯,收到时,台湾过了白露。我朝圣回山,悠悠地安享山居的日子,一晃,已过半年。

"什么时候回来的?"答案从一个月、三个月到半年。每每当别人提起时,才恍然记起,曾有的五十多天黄沙滚滚,我在荒原、戈壁……

日日守着编辑台,磨着文字砖,数落着红笔落下的岁月。佛经从不记载年月日,皆以"尔时""一时",打破人对时间有限的想象。心念所在,即入那一时的空间。那天带着那拉提的浓浓草香,上午十点我们要坐二百四十公里的长途巴士抵达伊宁。昨天宾馆门口的工程电钻声直到夜里十一点才止息,伴着电钻声入眠,算是另一项旅途的体验。

门口路况不佳,我们拖着行李走了一段路,乘上三轮小车,亲切的维吾尔族人帮我们把行李放在后车厢,一人两元到车站。凌晨大雨。降雨,当地人视为吉兆,而对一个旅人则是苦乐参半。乐的是消去汗流淋漓的劳累,苦的是衣衫鞋袜尽湿的狼狈。

所幸早餐后,雨停风宁,我们带着馒头上路。雨后的那拉提少了游人如织的喧闹,远处的青天白云多了几分雍容、淡定。排队买票时,小小的窗口,买票的人和

赛里木湖

售票员起了冲突，原因是大排长龙，久站的大家都不耐烦，纷纷拉长颈子，却发现服务员慵懒走动，一会儿去找零钱，一会儿搞失踪。北疆的紫外线到了上午九点已超标，热浪袭人，做事的没冲劲，等候的没耐性。第一次听到维吾尔族人吵架，旁边的汉族人小声地对我说："这里买票干等是正常的，慢的是维吾尔族人，吵的也是维吾尔族人。"

十点，车子准时来了，始料未及的是，司机在市区的小巷道来回地绕，大力按喇叭，希望多招揽客人。听了一个多小时刺耳的喇叭声，终于结束噩梦，车子驶上公路。很"幸运"的，我们又坐上了不开空调的巴士，感受四十摄氏度高温的滋味。

到了伊宁，入住饭店后，晚上与大陆朋友商讨，决定明早参加一日游。虽然对一日游没好感，但为了节省时间、经费，我们决定参加并团出游。一日游的内容：果子沟、赛里木湖、霍尔果斯口岸。车费一人八十元，门票是赛里木湖

**薰衣草香包**

一人一百二十元，霍尔果斯一人三十元，算上其他费用两人共付四百六十元人民币。

听闻伊宁是花香果蜜之城，这里的空气随处飘逸着苹果、薰衣草的气息。巴士上了高速，确实有绵延的薰衣草田，那样的紫艳，入眼有一种惊心。看到赛里木湖纯净的蓝，难以言喻，翻越了无人的荒漠走到这片肥美的草原、河谷、蓝湖，仿佛走不出的沙漠是梦，眼前的绿原与蓝波也是梦。

传说，赛里木湖是亿万年前大海退潮时留在天山雪岭上的一滴泪珠，这比喻十分动人。赛里木湖旁有块克勒涌珠的大石，当地人说：很久以前一个蒙古族的富家姑娘爱上了一个穷小子，俩人感情非常深厚，可是家里百般阻挠，姑娘无奈之下选择投湖自尽。结果在她投湖的地方出现了涌泉，人们说那是姑娘的泪水。双手捧掬克勒涌珠的泉水，入喉是冷冽的刺骨。门当户对的势利思想，古今皆制造了数不尽的悲剧。

一日游游到霍尔果斯口岸，它是中国与哈萨克斯坦国的边境，也是新疆与中亚各国通商的重要口岸。霍尔果斯口岸历史悠久，早在隋唐时期，就是古丝绸之路北道上的重要驿站，是中国西北对中亚、欧洲贸易的重要窗口。此时，四周戒备森严,由于有领导来此巡查,耽搁不少时间。

最后一站是参观薰衣草大型的购物广场,有人去尝试药草足浴,有人购买薰衣草美容用品。我们坐在商铺等候,买不到一瓶水喝。在新疆腹饿虽难受,但口渴却难忍百倍。坐着,时间被拉得又长又慢。听到导游喊上车了,像是临刑的人被特赦,感受到前所未有的欢快。

回到饭店,冲泡茶袋包,美味如琼浆玉液。人呀人,高谈什么开悟?如果四十摄氏度的高温下,你能任其汗流,那么也许能领悟一些法义吧。

## 开眼看世界——惠远古城的徘徊

在伊宁住宿的伊特力酒店附近的商铺,两小碗熟干面条要价六元,沿路买了桃、杏、香蕉花了十元,看到小摊位摆着五彩缤纷的综合糕饼,切了巴掌大,一称要十三元。"这么贵?"围在旁边的维吾尔族人,用不太流利的普通话答道:"这很营养哦,可以买啦!"维吾尔族人的团结一气,在旅途中随处可见。

光影中的林则徐像

中俄边防军区

今日排定的行程是去惠远古城。不赶去别处，只想在古城漫步。上午十点到客运站，坐上一人十五元的九人座车。一个多小时抵达目的地，下车时眼里是一片热闹的市集。门票一人六十元，就那么一座仿造的古城，这么高价令人不解，转念告诉自己，既来之则安之。

惠远之名乃乾隆帝亲赐，是取大清皇帝恩德惠及远方之意。惠远城内大街小巷商铺林立，古有"小北京"之称，繁华一时。城中心建有高大巍峨的钟鼓楼，以镇四方。城内城外有不少军事设施，城内外寺庙林立，清真寺、喇嘛庙是少数民族宗教活动的主要场所。

入城，风和日丽，阳光不灼人，有秋季的怡人、舒适，这里有边防馆、林则徐故居，等等。林则徐在这里居住了两年零一个月，这位满怀淑世济人的将领，因领导了轰轰烈烈的禁烟运动而闻名于世界，但也因此遭到投降派的诬蔑和陷害，被革官流放至此。

林则徐像

望着洁白的林则徐塑像，感叹人的一生都免不了愁愁恼恼，分别只在于，有人愁恼的是家事的琐碎，有人愁恼的是国事黎民的未来忧患。林则徐先生在伊宁付出心血，协助办理垦务，倡导水利，开辟屯田；又绘制边疆地图，建议兵农合一，以警惕沙俄的威胁。他曾任陕甘总督、云贵总督，先后平息西北西南民族冲突，整顿云南矿政。道光二十九年（一八四九年）因病辞职归籍，次年九月（一八五〇年十月）奉旨为钦差大臣，赴广西镇压农民起义，途中卒于潮州普宁县（今广东普宁北）行馆。

林则徐平生爱好诗词书法，著有《云左山房文钞》《云左山房诗钞》《使滇吟草》等。史学界称他为近代中国开眼看世界的第一人。此外还有鲜为人知的，林先生学佛的事迹。二十三岁时，他曾为张师诚手书当时佛教界广为流行的《佛说阿弥陀经》《金刚般若波罗蜜

弘化公主

解忧公主

经》《般若波罗蜜多心经》《大悲咒》《往生咒》五种经咒,并置一函,题"行舆日课、净土资粮"八字,以为每日诵念功课。他的书法严整秀骨,刚正如一,如同他的心性。他抄写的佛经,不但呈现书法之美,更可知他学佛的虔诚和恭敬。

走在古城的边防馆,看到解忧公主、细君公主的肖像。两位都在汉武帝时肩负西汉与边陲和平的使命,王族的女性没有自我意志,常是政治的牺牲品,锦衣玉食的优渥,未必比寻常百姓的女子来得幸福。

两位公主性格不同,来到乌孙国,细君心怀忧思,不久于人世;解忧到了异乡,很快融入边疆生活,这位公主果然是名副其实的"无忧"。解忧辗转嫁给三代乌孙王,她的心情真的无忧吗?汉宣帝时,解忧年老,上书要求归汉。汉宣帝得信后深为所动,遂于甘露三年,下令迎解忧公主归汉,其时年近七十,在乌孙五十余年。归汉两年后,解忧公主去世。

蓝天下的林则徐放旷自由。蜡像馆的细君公主,早夭少受思国之苦。解忧被乌孙国当国母,五十年在边陲之乡,驰骋草原的她,每每能为其解忧的,恐怕是无语的苍天。古来男性女性的命运轨道大不同,虽不同也都得担负自己的忧悲愁恼。

古城一日,坐在石阶上的我,咀嚼伊宁的甜点,饮着雪碧汽水,那一刹那,有无以名状的感激,自己何其幸运,生于太平盛世。午后,我人在边陲,与千年前的名将及两位公主同感岁月的沧桑。

当代边防馆

## 人到底能锁住什么——红山公园的奇观

完成伊宁之旅,带着草香水绿,我们再度乘上长途客车,往乌鲁木齐。踏过南疆的滚滚沙尘之路,也赏过北疆的蓝海绿原艳紫,我打天山南北走过,这一路有雨有晴,六根吸纳这天地的奥秘与神奇。

数百里之路,上午十点出发,这一站很幸运,双层高大巴士,有空调,票价一百八十元。午餐是奥利奥,大陆电视广告红火的巧克力夹心饼,大小商铺随处可见。饼干配清水,只要不饿不渴,这趟旅途即能平安过关。中午司机下高速公路,停靠一家小饭馆,并无素食。幸运的是在小摊位买到水煮的玉米,我们开心地坐在树下"野餐"。乡里人家养鸡,三两只小白鸡不怕人地走动着,丢些玉米碎粒,它们也吃得津津有味。在无尽生死流浪的业海中,人与小鸡同是天涯沦落人,今日不知明日事。喂食小鸡时,为它们念诵三皈依文,祈愿解脱痴迷爱染,来世走向觉悟之路。

到乌鲁木齐已是晚上八点，大楼林立，繁华之况不输台北都会。等了半小时才招到出租车，幸好同车的卢先生帮忙议价，并交代司机要送我们安全到达独山子酒店。旅馆的入口修路，灰尘四扬，车子进不去，我们下车拖着行李入住。四星级酒店环境优美，我们第一次在饭店吃晚餐，可惜人算不如天算，厨师没煮过素食，因此，只要他炒盘青菜、红烧豆腐加两碗白饭，就很心疼地花了人民币七十元。

翌日，我们搭公交车上红山公园，它是乌鲁木齐的地标，海拔近千尺，并可远眺乌市全貌。林园干净，仿古的建筑群搭配不俗，漫步山径，空气清新。山腰有座大佛寺，山顶有林则徐铜像。往上是红山嘴上的宝塔，堪称乌鲁木齐

红山公园入口

红山大佛寺

一绝。该塔建于一七八八年，塔高十点六米，青砖实心六面九级。当时乌鲁木齐河连年水灾，危及民众的生命财产安全，都统尚安请准修塔，期望镇山镇水，以保城之安康。我绕塔为这片土地的朋友祈愿，发现整座宝塔挂满同心锁，感叹人心高深莫测，爱情岂是一把锁能锁住的。

禅门的金碧峰禅师抛却恋栈的金钵，留下"若人欲拿金碧峰，除非铁链锁虚空；虚空若能锁得住，再来拿我金碧峰"这句悟语，在落日余晖中，我把它吹送给无量无边的大千世界的每一粒微尘。

## 苦苦地等一张机票——乌鲁木齐的插曲

乌鲁木齐是新疆之旅的终点站。

童年时，如果有人老是在状况外，或是做出的事超乎想象地离谱，我们会说，你这个人实在是够"乌鲁木齐"。此刻，我人在乌鲁木齐，吃着当地的哈密瓜、苹果、桃子。乌鲁木齐一点都不"乌鲁木齐"。它是观光热点，星级酒店任君挑选。在大陆，你只要付得起费用，什么高档的排场都有。走在乌鲁木齐的土地上，穿过繁华的霓虹，拓宽的马路上，工地的机器声轮转不停。寺院商场化，香火鼎盛，游人如织，我却闻不到宗教肃穆的芳香。一个如此轰轰烈烈的大中国时代，我却感受到另一种荒凉。

我们走访乌鲁木齐博物馆，只要登记证件，不用门票。设备新颖现代，化妆室明亮干净。那天窗投射的光影炫目，光影交错，冷暖相融，或许这是滋养生命成熟必经的欢唱与哀愁。刚好碰到大清宫廷用品展，拍了皇室的锦衣和一把扇子。皇室用品件件精巧富丽,可见生活的讲究与享受,这些无上的感官欲乐,若与自由进行选择,我会毫不犹豫,弃王室优渥择走卒生活。

返回独山子酒店,以为搭原来号码的公交车即可抵达,结果因为修路,司机告知去程有博物馆一站,回程则转往他处。饿到下午一点半,人都快晕了。更惨的是,出租车一听要到独山子,嫌修路麻烦也拒载。我们走到不远处的爱家超市,买了面包、雪糕、优酪乳。问到正确的搭车地点和公交车号码,我们在烈日下又走了四十分钟。等车时,拿出雪糕、优酪乳补充血糖。我吃着巧克力脆皮的蒙牛雪糕,毕生难忘它的甜蜜滋味。下一站,是彩云之南省,佛都净雅之乡。把云南设为旅程的归宿,因为唯有佛心的静寂才足以慰藉旅人的孤单。

绕了两趟公交车,走了许多冤枉路,回到酒店已下午四点多,连手脸都没力气清洗,倒头睡了一觉。醒来,吃着水煮青菜、面汤,饱食后,整装行李,明日要飞往昆明。大陆的一诚短信交代,由于昆明新机场启用,我们的航班有做更改。小册子记下一些琐事及联络事项,天黑了,乌鲁木齐的天空看不到星光,只有万家灯火在城市中明灭闪动着,也许这是文明、经济开发必然付出的代价。

以为灾难过去了，隔天又状况连连。航空公司说保证机位，机场的人员说没有看到名字，最后航空公司的主管去做协调，终于上了飞机。航程中遇到强大的气流，隐约听到乘客们的嘈杂声，而我依然安然入眠。飞机升得更高更远，小窗外，明月悬挂星河之上。天山南北段走完，回首这一路，不论是风是雨，心安，东南西北都好。

旅行让我们更深入了解自己，封闭的心门一一被解密、打开。如果你想要强壮，那么请背起包包走一趟路；如果你想要体会孤单的绝美，那么请整装上路吧。星有多冷日有多暖，寂寞有多少重量，关于生命，也许人在旅途，你将会渐渐明白。

游记并不按年日记载，也尝试打破过去、现在的框架。下一个旅程，我们从长安起，走访河西走廊四郡，丝绸之路不再是梦幻的驼铃，而是用双脚坚实地叠印在那条千年的鸣沙路上。

博物馆天窗

卷二

人在长安——从旷野到悠悠静好

鼓瑟清音

行者

用双脚丈量风景

用谦卑面对众生

用愿心点燃黑夜

## 岁月静好——长安生活之一

现代提倡"慢活",要使过于追求速度感的大家放慢脚步,让身心舒缓些,才不会造成心理、精神方面的文明病。"慢活"只是放慢速度,这个慢,在复杂的职场,有时恐难以随心所欲。慢不得,不如学一点细活,把我们的心磨细致些。比如,等车时,别厌烦无聊,仔细地观看四周的人和事物,也许有不同的惊奇。或者放空,什么都别想,学习和自己的心共处,仔细听着入息出息,也许,在刹那生灭里,我们能稍稍领悟:人,为何而来?短如电光,渺如烟雾的你我,今生所为何来?

走了五十五天,回首无风无雨无晴,每当山里的同参道友问起,这一趟你有什么收获,有什么不同,我的路不是你的路,即使相同的路,我们也必定有不一样的觉受,如果我说一无所有,恐怕多数人会以为我是矫情,不乐于分享。写在《福报》的专栏取名"丝路花雨",意涵有二:一是,那只是丁点的碎花片雨,怎能描绘出海棠一夜的香郁、醉甜呢？二是，我走的不是地理上的"丝路"，而是一条穿越古今，属于我的"心的丝路"。在路上瞻前顾后，瞻仰先贤大德，四顾这条取经求道之路，我的心可曾领纳到这幽然之径的法味，还是与奔波的游人一样，恋山川秀朗，拣择着饮食的浓淡？

兰若净心，城居静心。我想一个道人，兰若城居无二，动静不扰，方能入道。

五月十日从台湾启程，半个多月的行旅，参拜常住所属的江南道场，到五月二十七日完成北京的朝圣还愿后，打开账本，核算这五天四夜的北京之途，住宿、交通、门票、餐饮等等，共花费两千人民币，比预算的超出许多。

走过雍容华贵的紫禁城，虽没找到百花深处的胡

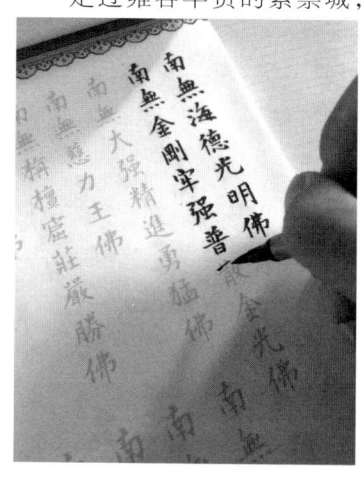

抄经

同，却也在繁华热闹的地铁里，走着看着，穿过我身边的北京"人河"，品着这古城散发出的特有的历史尘埃中爱与恨的味道。

五月二十八日，下午一点的航班，上午十点半我们打包好行李。由于宾馆离机场有点距离，没直达的公交车，只得乘出租车，到机场花了六十三元。下午三点十分平安抵达西安咸阳国际机场，依着一诚传来的住宿地址，前往宜必思酒店。意想不到路途是这般远，四五十分钟的车程，车费也要一百八十元。

下午近五点，办好入住手续，放下行李，我们到邻近的巷弄探险。沿着宾馆直走，走入一个胡同，一位七十多岁的老先生用单车载着冒着白气的馒头。带着雪白的馒头，塑料袋装着活泼的西红柿和美丽的苹果返回。

晚餐有馍（馒头）、热热的西红柿汤，饱足后，冒泡的雪碧汽水胜过美酒。天欲晚，望向那熙攘的街坊，怎么长安的黄昏竟有些眼熟？带着江南未愈的风寒，我走向长安。一座朝思暮想的城池，那里是丝绸之路的起点，卷起千堆雪，古今多少风流人物都曾凝眸驻足。

统领天下者希冀长治久安，寻常百姓要的也只是岁月静好。我在这里，活得与当地人并无二般。

## 那甜蜜蜜的豆奶——长安生活之二

如果说，长安是一座梦想的城堡，我想没人会抗辩它的辉煌与沧桑。唐时明月照往今昔，遥想当年，四方的僧侣俊杰漂洋过海，远道而至学习梵汉佛典，投身于一卷一卷的经书。各国的商旅齐聚，交换货物，历朝的文人更在此留下传诵千古的诗赋。

长安，我走着，时时恍惚，怕一不留神，惊醒一首沉睡的唐诗，踢到一段还在池畔私语未了的宋词。"长安一片月，万户捣衣声。"我在长安，车和人流川流不息，不见李白微醺的月亮，也听不到那夜半温柔的捣衣声。对于长安，旧时明月今日犹在，二〇一一年四月，我收到一张明信片，有关长安的：

"王子，吉祥如意！"

到西安近一个月了，怎没想到竟过着西安市民寻常的日子，搭公交车，车上有水蓝制服的售票员，一个人五毛钱起价，豆浆现榨一杯一块五，馒头三个一块钱……

张掖大佛寺

荣枯一如

青龙寺后山门

玄奘大师画像

几天长安城里城外走,窗外槐花满山遍野地释放香气,正赶上短暂三周的春天。在永祥门外等公交车时,仿佛回到唐时长安那一世,我们在那城里听雨看花呢!

关于对长安的相思,明月、花雨随时序幻化,我虽耽美,却懂得,花非花雨非雨,那滴下的花雨皆充满奥妙的时间之谜。对长安二十多年的相思,是来自对鸠摩罗什大师朝夕的孺慕。那来自龟兹国的少年,被困凉州十余年,走到这座名为梦想之城的长安,那一刻,整座城落入他的心海,长安又是何等模样?

二〇一一年，我收到远方朋友从长安寄来的信，一年后，我来到长安城。一步一步胆怯着，望向黄昏中高高的城池，我小小的人，立在万古晴空下，心中扬起经幢，声声唤着魂飞魄散的自己，归来吧，有关对长安的念想。

在长安，我喝着别于台湾的原味豆浆。芝麻、巧克力吮入喉间，甜蜜蜜的，我却有种莫名的哀伤，这个城市已从唐时换到公元纪年了。

有名的词人方文山写的《心事》，这么写长安：

千年前我用汉隶写下唐诗
而今生我又开始为你填写歌词
那个前世　居住在长安的女子
是我轮回再轮回的心事

如果说，轮回的是心事，无关风月，我们一世一世地

登古城小门

古城豆浆

来去，因为想念未了，为了要赴那一次雨停踏花之约。于是，字墨晕成乱码，未寄的信笺随夜色吞尽。

长安城有玄奘、罗什大师曾驻锡的译经场，有李白的"一片月"，有李商隐的"夕阳无限好"，还有我偏爱的杜甫曲江对雨的叹息。

城上春云覆苑墙，江亭晚色静年芳。
林花著雨胭脂湿，水荇牵风翠带长。
龙武新军深驻辇，芙蓉别殿谩焚香。
何时诏此金钱会，暂醉佳人锦瑟旁。

悲情的杜甫一生不适意，长安是他最后留驻之地。在春日的黄昏，雨下着，湿了美人的胭脂，也惹起诗人叹政治的动乱，叹人世的沧桑。

走入长安的夜色里，想要一口饮尽豆浆，怎知残余的碎渣，卡在喉间。暮春的长安不见轻盈的飞花，只有随处可见的招牌，卖着黑、白、青、红各色彩，各式口味的豆浆，向世人宣告着属于长安城沸腾的热气，以及那过去、现在的甜蜜蜜。

## 草堂雾起——鸠摩罗什大师舍利塔

五月二十九日起,落脚长安。住宿的宜必思酒店是全国连锁型,住房还算干净。酒店的对面是热闹的小市集,三天餐餐都是包子馒头豆浆。一个小包子五毛,半个拳头大,因此,要三四个才够填饱肚皮。

解决早饭后,再带包子馒头上路,奇的是,并没有吃腻的念头。终于要出发到草堂寺了,晨起喝着在巴音草原小店买的铁观音,叶片沉浮不定,犹如我此刻的心情。前日偶然碰见黑糖馒头,带着它坐在公交车上,配着长安的窗景,雀跃地像个春游的学童。

在等候环山一号巴士时,遇到两位西安的妇女,她们参加过寺院的念佛会,坚持帮我们付二十四元的车费。这一趟车程,意外地变成说法之旅,用最简要的话说明三皈依、五戒对生命提升的意义。

近两小时的车程后,看到路边的指示牌,草堂寺五百米。很近嘛!我这么想着。走着走着,烈日当空,片云不

鸠摩罗什三藏纪念堂

留,汗水早湿透长衫。越走越慢,每一步都变得清清楚楚。原本不用二十分钟的路,却用了加长一倍的时间。

红色的山门上方写着瘦长的"草堂寺",入大殿礼拜后,我的心似一只拍翅鼓噪的小鸟,急着要见舍利塔。穿过深幽的竹林,那油绿像一泓湖水,走到烟雾井小亭,四顾茫茫,到底塔在哪方?最后凭着直觉,来到了"烦恼即菩提"罗什大师的舍利塔。

顶礼再顶礼,晴空下的我,悄然落泪。绕塔再绕塔,不求一分功德,只愿一切众生入佛知见,解脱自在。

青玉砖塔已用细密的铁栏团团圈住,连相机也塞不进那个小洞。叹口气,"大师,您的法音不在宝塔,但薄地

舍利塔

凡夫的我们,见宝塔如见佛心。愿您慈悯垂怜!"合掌绕塔,不知转悠了几回,一声"匡啦",塔的上方掉下一片玻璃,那空间恰好可容相机。

拍下罗什大师青玉砖塔,是求来的,更是大师无限慈悲的示现。塔旁的莲花井犹在,传说,千年前大师舌舍利安奉于此,这个井长出一朵白莲花,人们沿着莲花根一直挖掘,惊奇地发现根部连着大师的舌尖。

罗什大师一心一意埋首译经,无惧无悔。战乱时被困,盛名后被毁,他的心依然在人间的浊泥里,开出一朵白莲。坐在塔的庭园石阶上,繁花似锦,奇的是,热焰息宁下来,空气吹来清凉的风,阳光飘来醉人的香气,暖得让我想要长睡。

一千五百年前,罗什大师走在这草堂之路。当人们质疑他的译经是否契合佛意,他只淡定地回答:百年后,我用我的舌作为证盟。大师的盟誓,如这泛着莹光的青玉,历千年而不坏。

在草堂寺，烟雾飘入我的眼里。在大师塔前的柏树下，拾获一小石，晶亮如眼瞳。走出草堂寺，等着车，带我回长安。临别竟忘了，要向大师说一句，再见。也许，这二十多年来，我是活在大师巨大的温柔身影下，如小小苗芽有大树的庇荫，被照料，被滋润着。

坐着回程的公交车，行李有着草堂的光，罗什大师，真的不曾远离，只要，你相信，相信：五浊不是恶世，而是磨炼心性最佳的选佛场。

舍利塔的题字

## 鸿雁何时高飞——荐福寺

长安有罗什、玄奘两位三藏大法师，他们的个性有共通之处，就是坚持心里的梦想，玄奘是宁向西天一步死，沙漠如汪洋大海，他踏上的路上是遍野的白骨。罗什大师则在烽火漫天里淡定处之，身困凉州，他要的不是长安的丽日，而是满腔译经的热血。两位皆是热血青年，头可抛血可洒，这样的人物，是千古的典范，所以，我们怀想至今，他们仍成为我们求道之路的明星，放在心灵攀登的一座圣山。

西安，有别于上海的闲散，有别于苏南的优雅，更有别于北京的放旷。怎么说呢？也许，西安有种独特的味道，像老城区的砖石固执牢靠，如久长存放的老茶，枝叶紧密牢靠，你得小心翼翼用把小刀，轻轻地剥松它。那个味道无苦无香。

那日药石后，在成佛大道跑香。有位同参急急地寻来相问："为什么你要走这一趟？"月色在金黄的檐瓦间川

大慈恩寺

流如条银河,人怎不问月如何圆缺,日如何冷热?我这么想着。心里叹口气,我的这一趟不会是你要走的这一趟,我生命的风不会吹向你,我内心飘落的雪花也不会落在你的眼里。"我只是想要去这一趟。""赏月吧!"花前,月下,如果你没学习与一朵花私语,如果你还没学到月亮的沉默,教我如何说?

时间空间,一念转换:那时,我在西安;这时,我在南境的丛林。

九二一路公交车到大慈恩寺广场,四周是贩卖各式纪念品的商铺。走了一段路,看到大慈恩寺,四个旅游团的导游用扩音器大声地说话，我像在嘈杂的市场，很失望。对于声音的敏锐让我却步，由于有过紫禁城人满为患，扩音器疲劳轰炸的经历，我走出大慈恩寺，回到公交车的站牌处。绿色的行道树，叶片闪着光芒，远远拍下大雁塔，遥拜大师，默诵般若心经。

决定转往小雁塔。小雁塔已成博物馆，占地一百五十亩。在馆内我们看到《荐福寺殿堂图》，可看出，当时殿宇楼阁完备，布局严谨。荐福寺于唐末毁于战火，于是搬到塔院，才寺塔合一。小雁塔与大雁塔相距才五公里，两塔相对在长安的天空。

这里曾是义净大师的译经场。荐福寺是皇家敕建的著名寺院，建成后即度僧二百人在此活动。武则天、唐中宗常在朝廷要臣的簇拥下，巡视此寺，亲临降香。佛教大师义净，在南亚、印度游学二十五年后，来长安入居荐福寺

大慈恩寺

主持佛经译场。

此外,西域于阗国的实叉难陀、华严宗三祖法藏、密宗高僧金刚智等都在荐福寺驻锡过。唐末,日本求法僧圆仁、惠远也到荐福寺巡礼访问。圆仁在《入唐求法巡礼行记》中,记载了国忌行香,在荐福寺设千僧斋活动,并描述了荐福寺开佛牙供养大会的盛况:举城赴会,礼拜供养,个个发愿布施,向佛牙楼散钱如雨。

千年前则天武后留下一偈:

**无上甚深微妙法,百千万劫难遭遇;**
**我今见闻得受持,愿解如来真实义。**

她建寺度僧,即便贪图有相功德,但在历史的天平上,她迎佛牙,鼓励译经文化事业的开展,功德无量也受之无愧。

这一片圣地,如今斯人已远,圣威的大殿沦为贩卖仿制书画的铺子。庭前千年的槐树无语,走着走着,绕着雁塔的我,合掌祈愿:有那么一天,法轮再转,鸿雁高飞。不知名的红花轻坠如雨,像当年供佛散下的钱币。这一座长安城,槐花犹在,叹,诸位大师已含笑归去。

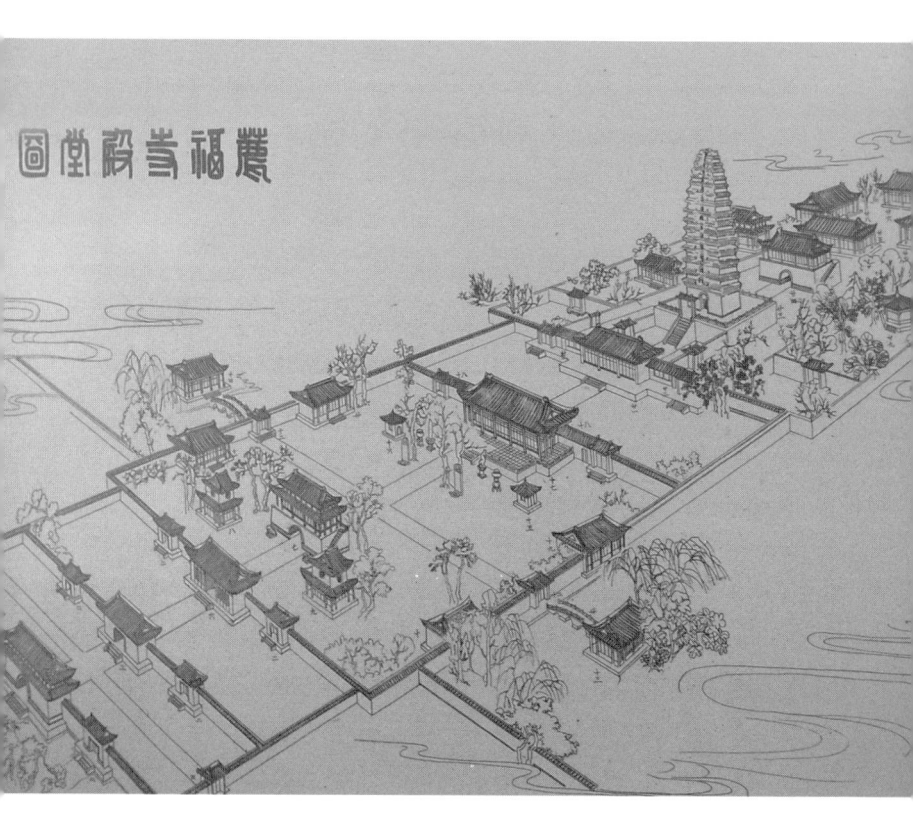

薦福寺殿堂圖

## 一生一别难再见——青龙寺的鹅群

那晚从台南讲堂讲完普门品,回山已是入夜十点半了。打开铁门,轻轻的,生怕惊醒山里沉睡的行者。二十多年前在佛学院,老师的谆谆教诲超过万言,愚钝的我,铭记的却只有一句:"宁动千江水,勿动道人心。"慎护其心,怕扰他人静寂的道念。

"师兄,我要到图书馆,昨天才搬来,不知路怎么走?"一位年轻的师弟询问。"没关系,我带您走,这里各栋相连,绕来绕去的,不熟时很容易迷路的。"我带着这位同参往前走。"师兄,这样就可以了。""没事,我带您到最近的入口。""请问师兄上下?""我叫满济。""您是《25℃天空》的作者?"我点头。走回寮房,开灯,稍稍整理上课的讲义。原这庵里的曲曲折折的小径,还有这寺院的人与事、物,对我而言已熟识得像每天的呼吸。

"师兄,因为风大,将您的被单吹到水沟里,所以又

**青龙寺鹅群**

放进洗衣机重洗一遍了。照客合十。"这是某日,我晾晒的被单上夹的字条。照客照顾大众进出安全到生活点滴,常常看到她们清洗客房的被枕,处理庵里的杂务,那样的影像都令我感动莫名。她们默默无闻,但奉献出宝贵的心力,照顾数百人的起居。

旅行为的是什么?简单地说,只是想要借境观心,在旅程难以掌握的翻转中,让自我的骄慢萎缩,让幼小的谦卑滋润,也迫使勇气加分,于是我一次一次,克服害怕,暂别家园的温暖,踏向未知,向天地山水学习涵容的厚德。

走到长安,没过王维的香积寺,巧的是,因缘这一线,引我们到了青龙寺。偶然在饭店旁的站牌上见标示有青龙寺。青龙寺是真言宗的祖庭。因为有空海大师,更动那日午后的行程,跳上往青龙寺的公交车,参拜大师。

青龙寺是很典雅的建筑风格,有些京都的味道。很幸运,游客不多,寺里显得静美灵秀。可喜的是,我们在庭院的水池看到一群白鹅,它们在阳光下轻刷羽翼,走近端倪,鹅于水中自顾盼影。

空海大师为了追寻密宗大法,远涉重洋至中国求学。在公元七九二年奉诏入唐,遇海上飓风,几经艰险,终于来到中国。到了长安受学阿阇黎惠果大师,尽得密教之奥妙。其后返回日本,创真言宗,日后形成"东密"一支。

我们在别殿的广场,看到惠果授法空海的金色塑像,湛蓝如海的天空下,师徒两人心意相通,态貌肃静安然。空海得大法奥秘,老师惠果短短数月后圆寂。读到书册里一个记载,惠果圆寂前告诉空海:"我俩宿缘深厚,多次

青龙寺壁画

相约来到人间,弘演密藏佛法,彼此代为师徒。这一世,你在西土接我足迹,我亦东生入你之室……"两人为学法传法,代代互为师徒学习,如果是清净法义的延续,生死的轮回也成为甜美的记忆!

青龙寺有原遗址出土的文物展览馆,那断瓦片砖,曾是辉煌的殿堂,法音弘传,今日花与树犹在,斯人已远,空留怅然。

同法同门喜遇深,随空白雾忽归岑;
一生一别难再见,非梦思中数数寻。

寺中的壁上的《空海留别青龙寺义操阿阇黎》,令我驻足。读着读着,仿佛看到空海返回日本时不忍别离,至情流露,给同学义操留诗的情形。僧人无情却有情,这深远的情谊,不堪盈手赠,只有在梦中数数寻吧!

**青龙寺外观**

## 旅行是一个惊叹号——南五台

早上,饱足长安甜蜜蜜的豆奶、扎实的馍,信心十足,整装出发到法门寺。从入住的宜必思连锁酒店的西安导览杂志,还有服务员上网帮我们查询得知,到法门寺是环山二号旅游专车。

看到同车有进香的婆婆,随口问,到法门寺要多久。

"这二号车,不到法门寺,是到南五台。"

"南五台?不会吧!"

再向司机确认,果然我们搭错车了。司机告诉我,若要到法门寺,要再转两趟车,算了一下,可能赶不及从扶风回西安的最后一班车了。最后决定上南五台去,和慈祥的婆婆们同行。

近一小时,抵达南五台山下的古镇,看得出是新造的,虽是仿古,倒也有几分典雅。悠闲地步入古镇,华丽的宅门,一只小狗好奇安静地看着我们。没到华清池,未见兵马俑,我到底算不算来过西安?其实不在乎的,对于热门景点的观光一向少了兴致,但是喜欢观看寻常百姓吃食的生活。天真地以为南五台的寺院在古镇不远处,当地人告之,还要坐五毛钱的公交车到第一个入口,再换面包车到登山处。面包车一人要价十五元,开车的师傅要满座才走,我们再加上另外两位乘客,等了半小时,轮子都没动。一些乘客出去抗议:"我们再等十分钟,没人来就开车,不然我们退钱算了。"抗议果然有效,师傅发动油门。

山路弯曲像河流,司机熟门熟路的,如入无人之境,几乎九十度的转角,连减速都省了,我们也只能听天由命。约半小时抵达后,司机好意提醒说:"大师,你们要上五台还要往上爬,三五里的路况更陡峭,要走个两三个小时。小心山区下午三点后就会起雾,下山要注意。"只能先找家小店,吃碗热汤面填饱肚皮,再想下山的对策。

往九十度的阶梯攀爬,越走越偏僻,走了一个多小时,高山的寒气直逼,薄雾果然阵阵袭人。刚和司机虽有口头约定在山口等我们,但十之八九是无望的。雾气越来越浓,四顾无人,同行的道友提议,为了安全起见,还是打道回府吧。遥拜五峰山顶的文殊菩萨,往下山的路寻去。

很幸运，应是菩萨慈悲庇佑，途中有部白色轿车停下，这位在山区经营饭店的主管恰好要下山办事，看到我们，主动摇下窗门问："要下山吗？"到了先前搭面包车的站牌，乘公交坐到山下的古镇，再坐转往韦曲的巴士，再换乘到西安的火车站，回到西安已近黄昏。在火车站等公交车回酒店时，西安的夕阳红似火球，而这一日的行程完全是失控的状态。面对如此失控的场面，却没一点懊悔的情绪，是旅行的变易无常，让我体证：无缘不生。这段插曲看似偶然，也许是佛指引我们上南五台。回到酒店，借电脑上网查询南五台的资讯。

天涯无书的阶梯

南五台位于西安市南长安区子午镇，距西安约二十七公里，古称太乙山，是著名的佛教圣地之一。山上有清凉、文殊、舍身、灵应、观音五峰，明清以来有大小寺宇四十余处。

这座太乙山有文殊，今日有幸礼敬，也算是美好的一会。没感叹见不着真身舍利。那一年佛指舍利来台，北中南三回，我跪地顶礼膜拜，佛指经过身边时，亿万毛孔竖立，那震动的觉受至今仍在。晚餐在附近的小店打发，点

南五台山下古镇

了不甜的黑米粥，炒了一盘西红柿面。晚风习习，在西安最后一夜，我们走路到古城，闲适地在城的四周散步。

"满济法师，今天到法门寺参拜，如何？"大陆朋友传来短信关切。"没去成，去了南五台。"晚霞染红天空，幽远的城墙像是连到了天边。忆起昨日在小雁塔读到的：漏尽钟声动，星稀鹤梦残。日落长安，我的长安城，是永远的梦土，那些大师的语默动静，是一颗颗恒星，闪烁着，在我的心上，永不熄灭。

"咳嗽好了点吗？"台湾的同参传讯关心。"没，让它咳去吧！"江南染的风寒，二十多日未愈，咳声成为我随行的旅伴，也让我明白：病任它病，路任它行。回家的路，长安的夕阳包围着我，无法预期，也许就是旅行永远迷人的魅力。旅行是一个惊叹号，我对自己这么说。

卷三

万水乡思——从天水穿越河西走廊

皇天后土

彩虹奔向山间

亘古

在千里外的旅人

用风沙磨成方寸的

即净　即静

净土

## 开天辟地之都——天水南郭寺

写完新疆朝圣之旅，秋天已过，山里的栾树转红，每每黄昏经行过大殿的长廊，望向黑暗里的万家灯火，遥想，曾经的戈壁旷野箪食瓢饮的行旅，恍若一梦。

过完长安甜蜜蜜豆奶的居家生活，我们的下一站是天水。天水传说是开天辟地的伏羲的故乡，可以说是中国最古老的城市。

西安到天水是五小时的车程，空调大巴一百二十元，这是我们最舒适的一趟旅途，空调正常，旅客、司机全程禁烟。一路总共穿过近四十个隧道，短短的二十多分钟，人经历从黑暗到隧道的尽头，瞬间迎向光明，光影错落中，发现，原来光是有层次渐进的，黑亦是闪灭多元重叠，两种颜色并不单调，而是饱满惊奇的多姿多彩。最长的隧道是桃花坪到麦积山这段，足足十二公里长。

人在生命终尽时，心识也是瞬息万变，如波涛浪涌，在黑与白错落的交织中，你得认出那道明光，迎向

南郭寺

光的旅程。

未到天水，那接连百里的隧道，为我上了一堂奥秘的课程，有关心之光与暗，人们应如何记取与抉择。我终于沉睡在隧道温暖的怀抱，如当初入胎时，母亲柔如水草、暖如平原的子宫，把小小的我安置，即使四周如此暗黑，爱如日光，照着我初生的肢体，细细的嫩叶以光为粮。

手机的短信响起，台湾的道友关切询问："咳好些了没？要找时间休息。"旅人的时间，不在车上就在路上，休息是天黑后的事。旅人看似悠闲，无所事事，那只是表象，就像进堂禅修的行者，日日行坐饭食，看似无事，却身心如热锅蚂蚁，为打破漆桶奋力不懈。

再远的天涯，都远不到我们的一颗心。借由行旅，人们突破经纬线的藩篱，也让稚小的灵魂透过孤独的滋润，与山川壮丽融成一体了。为什么要旅行？为什么放弃熟悉的舒适？为什么要走那么远的天涯？这些为什么，每个人都有属于他的答案，我的答案不会成为你想要的答案，而我的旅程也不会成为你向往的天堂。

天水，听起来有天地寂寥无边的味道。到了天水，办理好入住手续后，我们搭出租车，到邻近的南郭寺。付了六块钱，下车很高兴，南郭寺光鲜的牌楼矗立眼前。我们四处遍寻入口无果，才警觉可能高兴得太早。询问在牌楼下拍照的年轻男女，他们说，南郭寺还要往上走一公里。

一公里算什么？但这一次我们又估算错误了，山区气候莫测，我们是顶着寒风略显艰难地爬行的。路越走越遥远了，一公里，我们走了近一个小时。

南郭寺诗赋

昔日辉煌的禅林

南郭寺指示牌

这千年的南郭寺有二奇。一是大诗人杜甫流寓秦州（今天水）时，留下百余首赞诗。二是两千五百年参天的古柏树。拍下《秦州杂诗》、浓荫遮天的柏树，沉醉诗句的我，蓦然一觉，山下人间已是万家灯火。

## 天之远水之阔——往麦积山的脉动

山上的冬天是绚烂的，栾树翻红，硕大的火焰花在群山间怒放。冬季不是肃杀，反倒见其天地万物的宅心仁厚。丝绸之路朝圣归来，多了一些对山川巨流的尊崇，对细沙微尘的仰慕。一沙十法界，一叶万佛现，若欲识得华严之心，你必须看透瓦砾废墟含藏的是曼妙的佛土。

每周专栏的"丝路花雨"，我像个微小的分子，游移在出版琐碎编务的巨流中，键盘是船只，载我穿越时空，回忆是波浪，那一时的戈壁断垣，长安的汉唐诗篇，敦煌的夕照里金沙呼啸。翻阅每天的记账，数着生活记事，顿觉时间是位魔术师，一念横越三千法界。

入天水千年古都，我们游走大陆已二十多天了，迁徙的日子，让我更感到此时此地，都可能是最后一次的照面。时光不再，相逢不易呀！因为动荡的行旅，一杯昔日视为粗糙的红茶，今日饮之却如玉液甘露。这一路喝着酒店免费的红茶，配着当地的糕饼，幸好肠胃没事，后来发现最实惠最简易最具热量的是奥利奥巧克力夹心饼。它在各地超商、小店都看得到。价格全国未统一，从九元到十四元不等。吃着走着，可惜忘了为奥利奥拍照留念。

素食在大陆尚未风行，我们觅食比想象中的困难，但还是一路惊喜连连。有巧克力馒头、味道似贝果的小烤饼，还有炫目的彩色水果饴。记得有次迷路走到大型超市，像童话故事中，走进巧克力造的房子。嗜食优格的我，撞见蒙牛优格，那冰凉的甜蜜成为我行旅美好的记忆之一。

从上海宜兴带来的咳嗽膏已见底，咳声未断，今日希望找到西药房，顺利买到止咳药品。用完自制早餐，千篇一律的西红柿煮面条，整装后，背上轻便行李，打听好交通路线，我们前往火车站搭乘上麦积山的专车。

从住的旅馆乘出租车六元，火车站往麦积山专车五元，到入口处搭电瓶车十五元，门票七十元。在票亭处买瓶水上山，我们的午餐是"看着办"。麦积山是山区，比市区冷了五六摄氏度，幸好我们有备而来，披着围脖，抵挡些许的寒风。电瓶车的终点并非石窟的入口，上山还要往上走二十分钟。路边已有多部中巴等候，乘坐面包车要价二十元。下车的旅客都有怨言，这样的旅游品质，实在令人匪夷所思，观光客被当肥羊宰，那种滋味让旅行扫兴不少。

选择步行，一是省花费，二是想看看当地民间风情。我和同参发现路越走越陡峭，但既已选择，只能走完全程。路上其实没什么奇观，贩卖念珠、小吃的摊位最多。走在碧空如洗的山路上，相信依崖伫立千年的华严三圣正在远方向我们召唤，围脖拆去，汗滴爬上额头。朝圣之旅，没有水泡梦幻，而是坚实与天地同脉动。

## 悠悠我心——华严三圣的微笑

极目望向麦积山的摩崖大佛,我的心难以言喻地感动。这样险恶的峭壁,这大佛是如何塑刻,这往上的路如何攀附立足?画匠日日彩绘着佛低敛的眉眼、菩萨完满的肢体,这架设的小梯,仅容一人行走,走着走着,泪在眼眶打转,这风扑打在脸上何其劲急,这些画佛的匠人饱受西北的酷日寒风。这崖高足二十八层楼,才踏入景区。

"我有恐高,爬不到一半,吓坏了!"一位来自北京的年轻女孩,表情惊恐未定,看到我们,好意地提醒:"大师,很高的,你们要小心。"

禅门《指月录》的那则"点心"公案,传唱千古。学富五车的德山宣鉴禅师,腹饥要买块饼,输给一个卖饼的老婆子的问难:过去、现在、未来,三心皆不可得,你要点的是什么心?德山禅师烧尽平生所有文字注疏,才开始领略不思善不思恶的本地风光。

天水麦积山石窟是中国四大石窟之一,初建于五胡

佛说华严妙法

十六国的后秦（公元四世纪）的乱世，随后的隋、唐、五代、宋辽夏金、元、明、清陆续有新开凿的石窟或重修工程。乱世，人命如蜉蝣，佛陀的大悲接引，净土的无有诸苦，让千年的乱世，无依无怙的百姓，寒冷卑微的性命有了光亮的希望。

摩崖的华严三圣闪烁出璀璨的金光，全身被光圈护的我，宁静、祥和流入心田。眼前撒下的晶亮的珠网，也似华严世界的光光相照，互摄互融，彼此增艳放光。我在一片光里，华严三圣立于千仞之上，他们的态势淡定，牛儿窟的阿难笑我痴呆，读经卷万册，不如这一刻，全心瞻仰

云端上的华严三圣

牛儿窟

佛容，全心走好自己的下一步。风吹得更急迫，好像风也赶着路，要迎向不可知的前程。

在二十八层楼高，竟然能收到手机的短信，飞鸽虽不再，但科技把万里变咫尺，把天涯收纳在几寸的屏幕，人们活在一个瞬间变幻的异想世界，却未必保证情意水乳浓郁无间。

传说的一三三窟的沙弥微笑，在铁网覆盖下，无缘拍照。但隐约看到一位稚气的十三四岁沙弥，从北魏时，佛说法，他低头聆听，双眼微眯，嘴角还有微微的笑意。这抹听经会心一笑，至今说法未尽，沙弥纯净面容犹在。麦积山石窟，是佛从遥远的西域走向中原，留在西北的一个伟大的足迹。

大陆近年愈来愈流行把入口放在离主要景点远远的位置，再安排额外的自费电瓶车接送，这是此行到大陆最令人感慨的商业行为。年年的门票住宿费用一涨三级跳,再华美的景色,都令人扫兴。

二〇一二年六月一日,我在麦积山,天气晴。冲泡着红茶,杯面漂浮的茶沫,回旋不已的细圆涟漪,似片片莲叶,叶瓣上,摩崖大佛,正含笑对我。这一路颠簸的行旅,回首,也风和也日丽。


## 美丽的航行——山城返乡

年前到台北开会,习惯性早到,坐在会议室等候,一位穿着桃红旗袍的义工师姐端来茶水,我合掌道谢。

"满济法师,您每周的'丝路花雨',我和我的同修都在拜读,写得很好。"

近三十年,我与文字相濡以沫,这一瞬,望着热茶腾腾上升的雾气,我在雾里。青春时,想要叛离这座文字的围城,我不耐磨字成砖,砌砖也成不了灵台上的明镜。

会议进行着,往来的言谈,我听着自己和别人的话语。一字一句一行一段,像山间升降的岚雾,这人间的情境，似真若幻，时间像个神奇的魔术师，带着我穿梭过去、现在、未来。

"丝路花雨"写到半年，即有人询问，何时结集出书。算算，离上次出书已过了三年。这三年，依旧是日日磨字，每个字符，输载着岁月的记忆，何时那个气盛的少年转化成恩怨淡定的兰若僧侣？天水的华严三圣仍时时回绕梦中，丝绸之路五十五日，犹如潮汐，来了又去，去了又复来。

开会完毕的空档，打电话给母亲，说准备搭电车返基隆。坐在电车里，窗口的冬阳光影交错，这座山城散发的古朴，就像儿时外婆家晨起冲泡铁观音的味道。走在记

兰州牟尼寺

五泉之一甘露泉

忆的长廊,情感内敛的母亲短短地说道:"怕你饿,先炒了青菜和煮了小汤圆。"我抬头看时钟,五点二十五分。"妈,吃晚餐太早了吧。"

起身冲泡普洱,与母亲一起饮茶,闲谈家里的琐事。我的弟弟是街头艺人,好天气时会在基隆的港口驻唱。对于弟弟,入佛门已二十多年的我,我们之间的联系不多,偶尔听母亲谈起他的事业、他的感情,我也没多过问。对于弟弟的记忆都是欢乐的,漫长的暑假,弟弟是我的玩偶,长相斯文的弟弟任我把他反串成女生,两人合唱电视中最流行的歌曲。

弟弟与我坐着喝茶,谈着他想要开创的事业,谈着谈着,回到了小时候,我们在阁楼顶上一起数星星。那时候年纪小,满天星星美得似远方的梦想。弟弟从未问过我为何出家。而我也从未提起。也许随着年岁的增长,我们各自在不同的场域磨炼心性,隔阂渐渐消弭,在温润的茶汤里谈说生命的风景。

碗里的白饭香甜,粒粒厚实晶亮,如同天下母亲慈爱之心。

"妈,外头冷,别送我,车站在家门口,只要几步路就到。""雨伞拿一下,还有些小雨。"

打开伞,回头向母亲说再见,顿时,眼眶里有热潮涌上。昂起头,走入饱满雾气的夜色,坐着等火车进站。每个人的往事绝非如轻烟浮沉着,而是我们经历一段故事就可拼好缺角的某个图片,生命会一步一步为你我揭开完整的原貌。

二〇一三年料峭冬寒,走在返乡的小站,天空雨丝纷落,心却是暖暖的。相信,地球这场航行,每段里程免不了有忧伤、失落,但是这些忧悲啼哭,是为了让我们照见:青春易逝,时间无价。

冬天到,春天的脚步必然不远而至了。

## 甘泉成废池——五泉山公园

翻越山岭无际的天水，朝拜麦积山的摩崖大佛后，发现，行过天水，长安甜蜜蜜的豆奶不复再见。"到兰州，记得上五泉山公园，远眺饱览兰州市全景。"这是一诚短信里的叮嘱。

用完酒店的早餐，装瓶热水上路，我们无片云可挥，拉着行李，背上包包，心里至诚礼敬天水的护法诸天及山灵河神，感谢你们这几日的照应，让旅人出入平安，途中无病无恼。出租车五块钱把我们载到汽车总站，从天水到兰州的巴士票价七十五元，上午九点五分，我们向天水说再见，一路奔向金城兰州。

兰州古称"金城"，一座充满征战烽火的城市，今日的兰州城，已不见当年戒备森严的关城，更别提雄师铁骑的达达蹄痕。走在繁华的现代大楼林立的兰州，霍去病像一个用雾气写上的名字，风一动，雾吹散，无痕可寻。

谈战争，谈杜甫的"烽火连三月，家书抵万金"的引

法雨寺

颈期盼,今日网络瞬间连接海角两边,那样的切切情意,今人已无福可珍藏。

下午两点抵达,办理好酒店入住的手续。每一站入住、离去,每一座城市每一处的旅馆,虽是短短交会,我却深信,这是千年再来的约定,我们之间绝非初到的生疏,而是旧地重温。

到了公园入口,只能用车水马龙、游人如织来形容眼前的喧嚷热闹。五泉山公园早在两千年前就是陇上名胜,因有五眼泉而得名。有一个美丽的传说,汉朝名将霍去病西征匈奴,途经兰州时已人困马乏,士卒饥渴。霍去病心急如焚,这征军如何再前进?他挥鞭连击五下,鞭响泉涌,遂成"甘露、掬月、摸子、惠、蒙"五眼甘泉。

我们心里装着这美丽的传说，却步步幻灭。风景再优美，入耳不是鸟鸣，而是充塞的麻将声。伤怀地走在公园的步道，麻将声已将空山之灵逸、清泉之秀慧，染污得面目全非了。

最不可思议的是，公园还有"恐怖鬼屋"、旋转飞机等游乐设施，观光却无一点风光可怀想，已如明珠落入泥泞。经济的导向，让我们和历史完全断层，有几人知这座山，有过霍去病想要为国雪耻的雄心，有过马嘶蹄痕的征泪？

活在一个只有消费享乐的时代，人们真的能永保幸福安康吗？盛世的太平，公园小贩卖的风车随风转来缤纷多彩，我的心却有沉浮的心事。有些疲累的我闲靠小亭，饮着清水，恍惚听见，马在啼风在啸，是否是将士们举起夜光杯已醉落沙场？

我走着走着，走进一部有点点离人泪的史册，那里，相见、离别都是艰难的，卑陋的乱世，却闪烁出富丽堂皇的荣光，因为，它还存有卫国保民的理想。

风生水起的轮转

## 浪花淘尽英雄——黄河第一桥

打从五泉山公园归来，心情郁郁。幸好下山的路上遇到一位写生的年轻男孩，他有着纯稚的脸庞，认真地用他的画笔彩绘这个世界之光。他来自山西晋城，名叫孔磊，读兰州艺术学院，未来的梦想是环游世界。有梦，路再长再暗都犹如星光大道。

被五泉山公园打败的心，却被一位十八岁的男孩解救。回程，出租车的师傅坚持不收费，我们担心他收入不多，他呵呵一笑，乐观且豪迈：没事，大师，我们结个善缘！就一句话，我双手奉上小佛卡，并献上无限的祝福。

今日旅程：黄河第一桥。亲身临场伫立于桥畔，行人如流来流去的波光。

天下黄河第一桥在兰州城北的白塔山下，是兰州境内历史悠久的古桥。铁桥建成之前，这里设有浮桥横渡黄河。浮桥始建于明洪武年间（公元一三六八至一三九八年），名叫镇远桥。一九四二年为了纪念国父孙中山先生改名为中山桥至今。

这是天下第一桥最简约的历史。过桥,白塔立于山顶。望着滚滚的河水奔腾汹涌,果真感受到"黄河之水天上来,奔流到海不复回"的震撼与博大气势。

为了山尖上的白塔,我们带着朝圣的心情,沿着弯曲的山径而行。到了山的那一头,才发现白塔山维修,寺方不准入内参拜。虽叹无缘,但仍遥拜塔庙。资料说,白塔建于元代,重建于明朝,登上顶峰,兰州市容一览无遗。

下山路过法雨寺,寺前的楹联写着:

迷二惑逐四流堕六尘　随八风造十恶生百结　难逃劫数
明一心见三德增五力　除七垢修九禅全万行　方证菩提

千生万劫的情迷执惑,如何明心增德,悟证菩提?

返程候车时,看到站牌写着:水车博览园。那就去水车博览园看看吧!旅行居有所,游无方。路线虽初始有所拟定,抵达后的每一处地理,风与水、山与河会带着我们走向它为我们订下的行程。菩提之路也许漫长不可预期,但细细品尝冷暖及享受此时此刻的静安,我想,多一分醒觉必破一分昏迷。

今日晚餐，兰州面馆的刀削面。面条厚实，酱醋香浓，拌着青菜、西红柿，饱食后，驱走不少旅途的劳顿。回到"速8"，这家连锁酒店，干净舒适，也是唯一留下住宿照片的地方。西北塞外的西风瘦马，今日入眼皆是拥挤的大楼。沧海桑田不再，千年马蹄已成梦影。

走在西北的塞外，亡国之恨我是不懂，征战军士朝生夕死的惶恐，我亦不解其哀凄。我的路没有霍去病，我的路只是寻常的食面、饮水，数着黄河滚滚的尘埃，我的路还在前方，等着与我并肩同行。


## 切菜回想曲——武威鸠摩罗什寺

寺院的过年，忙碌充实还充满乐趣。过年这一个月，大众可以暂别平时熟悉的职务，比如，我是出版社的编辑，朝夕与文字、版面字体、封面色调为伍。春节农历年，大众可以学习新的领域，挑战自己所欠缺的能力。今年在编务之余，我到佛馆大寮去切菜。

那天，要把十二箱手心大的油豆腐，切成两半。看似容易，但豆腐是冷冻的，硬得像石头，刀落下，要算好力道，不然豆腐可能是毫发无伤，或是只见刀痕，两边仍是藕断丝连。

要切得干净利落，功夫要靠训练的。呼吸平稳，握刀的手放软，逐渐地，刀落豆腐分两半，

安奉大师"舌舍利"高塔

当下那种成就感和写作完成是一样地美好。古德说："珍珠、玛瑙下厨房。"推崇大根机的学道者，皆从厨房出，在那里水火煎迫，时间如电光迅速闪灭，你的心如何有立足之地呢？

刀影像水面纷纭的落花，在厨房没妄想要开悟，只是一份恭谨的心，把菜肴、工具都视为如来法界所展现的曼陀罗。这日切完十二箱油豆腐、两大桶姜片，返回办公室，打开电脑，开始踏往"丝绸之路"。时空于我，此刻古今交融在当下。

寻黄河第一桥，在登白塔前，我们买了两份山东煎饼，

是不是山东地方味也不可考，但小姑娘朴素的笑容，好意为我们多添加青菜，为这段半饥饿的旅程也增色许多。热热的煎饼，有芝麻酱混合青菜的特殊味道，加上包裹脆皮的麦香，让我对黄河第一桥喧嚣的不耐也稍微宽容些。

长安的草堂寺是罗什大师的译经场，原有的舌舍利塔已迁奉于武威的鸠摩罗什寺。罗什大师在武威的日子比在长安更悠长，在武威他等着机会，像蜷伏的大鹏，等待东风引领而跃升高空。

下一站是武威。

一大早，我们搭公交车往罗什大寺，下车，迎接我的眼我的心，是无尽的碧空。这蓝的出奇出尘，应是大师慈悲为我们显示的光亮。走入寺内，不远的地方有座高塔耸立。静静地，我像风没有重量飘着，生怕惊动还在埋首读经或沉思法义的大师。立在塔前，我的泪已无法抑止地流下了。为了这一刻，我等了整整二十五年。

这段花雨的丝路之旅，多数人都认为

罗什寺塔碑

我得天独厚,因缘唾手可得。没人知晓,为朝拜礼敬罗什大师,在二十五岁那年,我立下"总有一天"的愿望,要到长安,要到武威去,这一等,二十五年过去了。我没大师的聪慧,大师的发心,更没大师的功德,但我和罗什大师有一点是相似的,不求他人理解、谅解,我们性格的共通点,就是耐于等待。

走在一片蓝海里,我绕着大师的塔,大师绕着我。在塔的荒草堆里,捡拾了几片瓦当,他人眼中的碎石,在我的眼里则是大师赠予的无价礼物,会陪伴我完成这趟黄沙荒漠的旅程。

狮子形的瓦当成为我调伏自心的宝物,打丝绸之路归来,无雨无晴,仍盘踞在编辑的案头上,日日磨字日日读经,观赏世间的纷扰,多少人贪恋假名虚位,迷醉在恭维、崇拜中,我只愿:管山管水管好自己的心。

如果,人们能将朝圣与切菜合为一体,心平等无二,也许悟道就不远了。我凝视这片瓦当,听见罗什大师为世人宣说:平常心是道的微妙法义。

## 在步行街遇见"公主"——日不落武威

兰州五泉山公园,随地的垃圾、饮料瓶,小亭间麻将声不断,都让我对即将踏往的河西走廊深感却步。对于旅行,从小就不热衷,小学偶尔参加远足、郊游,常坐在火车出入口的台阶吹风,眼前的景物不断消退又不断生起,也许当年的童心已稍有领悟世间一切的虚伪不实了。

从兰州乘坐巴士到武威,六十六元车费。下午两点抵达,入住速8酒店。房间平价、干净。远在大理的一诚叮嘱我们,在黄昏时,别忘了去酒店附近的步行街。

到了武威,发现出租车起步四元,比江南、北京便宜不少,但水却比北京贵,证明沙漠的水取得不易,滴水似金。在武威的市集买到水梨、西红柿,足够吃两餐。打点好杂务,整顿好行李,用完简单的水果、西红柿汤面,我们前往步行街。六七点,游人多却不算拥挤,整个街道整洁,容貌齐整不乱,在那一刻,我喜欢上武威。昔日它名为凉州,亦是罗什大师长驻于此,日夜仰望长安城的城

武威的灯饰

市。走着走着,映入眼帘是武威的跃马市徽,象征这座城市不论古今都有草原大漠子民的豪迈粗犷。

弘化公主的雕像让我停下脚步,读着她的历史。

弘化公主是唐朝和亲的开端。弘化公主为唐朝宗室女,于唐太宗贞观十四年(六四〇年)二月,入吐谷浑与国王诺曷钵成婚。后吐谷浑被吐蕃所灭,亡国的公主跟着游牧的国王,最后终老于武威的青嘴湾。十八岁的弘化公主开启和亲外藩之始,从长安城走到了今日的青海(吐谷浑国），在吐谷浑生活了五十八年，后因流亡，迁徙流离多年，来到凉州，在七十六岁走完生命最后的旅程。

注视着弘化公主的石雕，传闻公主聪慧、博闻，也许后人将之神化、美化，但唐室的宗亲之女，她们一个一个从长安城走到草原，走往大漠。放到一个政治的和平谋略下，个人的意愿、个人的情感不过是水花泡沫，她们每一步的心情，没人会驻足去注意，更谈不上有人会悲悯、体恤。

走在武威的步行街，我发现唐朝的公主，她的眼泪是

跃马的武威

滴入心头，未来，要她一个人面对。闺阁温室的佳人如鸽子，一夕之间，她得转化成一只苍鹰。武威是日不落城，在台湾，七八点天黑，而这时刻在武威仍宛如白昼。意外地在返回酒店路上的小摊位撞见荔枝，价格比台湾贵，忍痛买了十多颗聊慰乡思。

回到住处，九点半，天还是明亮。忽然有些错乱之感，不知此时是日是夜。吃着荔枝，甜度虽不如南台湾的，却另有一丝淡定的蜜香。在凉州，我与罗什大师相遇，在凉州，我有幸也与弘化公主一会。

翻阅潦草的笔记，观赏拍下的相片。

*如是妙相庄严，主伴齐彰，灵山会俨然未散；*
*本来佛身清净，圣凡一体，菩提道当下圆成。*

那拈花人犹在灵山，犹在我们朝圣的路途，为每一个勇于奔向未来者，微笑致敬，并洒下花雨令乱飞的尘埃——落地。

## 旅行的菜单——西夏抄经的皇后

对烟火、对于节日一向无感的我，在二〇一三年二月十四日所谓的情人节，走向通往佛馆的佛光大道看放烟火。中国人对于情人的定义太狭隘，只针对恋爱的男女朋友，反观欧美人士，较开放，同事、家人等均可以互送巧克力，表达亲密的情意。

晚七点，佛光大道千人提灯，口念"观音聪明偈"。悉发菩提心，莲花遍地生，弟子心朦胧，礼拜观世音，求聪明拜智慧，南无大慈大悲观世音菩萨……整个山头满满是火树银花。我仿佛进入一个绚丽夺目的佛国，风吹过，入耳是清净梵音宣流。

八点十五分，我在佛馆二楼的观景台，观看六分钟的烟火，从未有过地感动，那天空绽放出金色的喷池、红黄的花树，让我懂得瞬息的美丽胜过凡俗的一生。烟火并不短暂，它所放射在空中的光耀，那一刻长存在人们的记忆中。

从佛光大道折返，路上三五信众开心地聊着家常事。

"我对我的儿子说情人节快乐，还被吐槽说，老妈您好恶。"话语一出，大家不禁哄堂大笑。"我的女儿一大早就和我说，妈咪情人节快乐。还给我金沙巧克力。"

"好幸福哦！""今生有缘一见一聚，即为有情人，菩萨都是在有情的世间修道、成道的。"我对她们说着。"师父说得好！我送您一颗巧克力。"收下情人节的巧克力，回到寮房，供奉在佛桌前。合掌祈愿：愿世间的人人，在有缘相聚时珍惜缘分，彼此互助，再结未来的一点善缘。

武威有着浓厚的西夏文化气息。我们在西夏博物馆赫然看到皇后抄写的《金刚经》，快速地拍下画面，千年的皇后在深宫里，一部《金刚经》安住她寂寥孤冷的心境。西夏于唐初立国后传承十代，历二百年，后由蒙古军所灭，西夏浓厚的崇佛思想，在博物馆可得到有力的佐证。

西夏国鼎盛时在凉州（今武威）建护国寺，

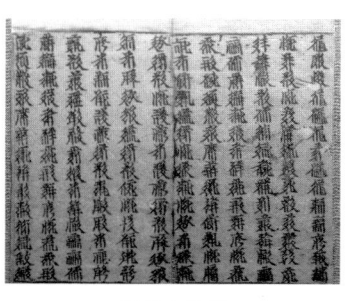

西夏文佛经

在张掖建大佛寺，我们在博物馆门口还有幸一睹"重修护国寺塔碑"。护国寺已毁于乱世烽火了，这些碑铭记录着人间的沧桑与无情，佛前的香火不再袅袅，千年前低头抄经的皇后，更叹息这乱世人心的荒诞。

"师父，你们在路上怎么只吃馒头、西红柿？"一次次被问，我开始检视，丝绸之路五十五日，真的过得如此寒酸吗？翻开记忆的相机档案，找到有三角豆沙包、白胖的大馒头、水梨、荔枝、莲花白（高丽菜），还有在市场一隅惊喜地撞见的各类坚果，小贩可现场研磨。可惜，我们行路匆匆，加上旅途高温，坚果粉恐会闷出异味，只好忍痛舍下。

旅行的菜单丰富与贫乏是难以判定的，在于人心的需求与满足是不同的，有人一餐八道佳肴仍嫌东挑西的，有人拥有一个大馒头能果腹即感心满意足。行者的路，美景不是目的，美食不是方向，指引一位疲惫的行者能再鼓足勇气往前走的，是那闪亮在心里关于青春，还有关于这个世代已绝迹的所谓梦想。行者，依靠留存的一点光亮照亮自己的路，不回头，寻回迷失于某座城市那个旧时魂魄。

## 六月荔枝飘香——张掖那场急雨

在武威的小市集买了半斤荔枝,人民币四块钱,数一数十二颗,带着上张掖的长途大巴。数一数日子,端午刚过,此时,正是南国之境台湾的玉荷包的旺季,四处可见那鲜红的果子,饱满的甜蜜充塞整个城市。而我在丝绸之路的旅途中,打开坚实小巧的荔枝,味道另有一番含蓄淡定。到了新疆才知天连接着地,眼中的颜色是无边无尽的蓝与黄,游走在一片蓝与黄中,常常恍惚,这里更贴近我灵魂的原乡。

下午到张掖,下了巴士遇急雨,披上轻便雨衣,衣衫还是湿了大半。拖着行李,寻觅今晚的落脚处——电力宾馆。咳还是未全然止住,很幸运,在问路时,找到一家西药房买到梨膏。走了二十多分钟,初时的狼狈心情,慢慢地,开始欣赏这沙漠难逢的雨景,发现,心念一转,冷与寒也不足挂念。到了宾馆,怕感冒加剧,快快冲洗热水后,窗外强势的雨已转为细弱。和同伴商谈,趁天色未暗，出外觅食吧。

很幸运的是，走出宾馆后，不到十分钟，看到一家小面馆，两人很欢喜地请老板炒盘素面。食物的香气，让旅人暂时忘却身心的疲累。

回到宾馆，泡着红茶，翻读明日参拜的大佛寺资料。

大佛寺为张掖的地标，也是西北内陆久负盛名的寺庙，它有"塞上名刹，佛国胜境"的美誉。

大佛寺原来称为"迦叶如来寺"，它始建于西夏永安元年（一〇九八年）。据史料记载，有位名为嵬眻的西夏国师在静坐时，忽然听到远处传来丝竹声，他循乐而去却不见任何人在演奏。这位西夏国师觉得这是佛祖所赐的天乐，于是他就在听到天乐的地方开始挖掘，挖了不久后就发现一具用翠瓦金砖所覆盖的翠玉卧佛，为了感谢佛祖的恩赐，他就在原地盖了一座佛殿来供佛，这就是大佛寺最早的由来。

这尊大佛是西夏有修为的国师因内心静定闻到天乐，感应到的佛金身的存在。每一座寺院的建成，背后都存有不可思议的因缘。荒山建成碧丽的殿堂始于人心之净念，殿堂毁于瓦砾堆中，同样是人心变质后，那一念容不得善美存活的邪思所成。

大佛寺牌楼

西夏是个崇佛的国家，在武威参观西夏博物馆，看到西夏文字充满一种音乐性的美丽。字像是音符在跳跃，从西夏的文字可以看出这个民族内心洋溢着有星有月、有诗歌有舞蹈的浪漫情怀，可见大漠子民对圣境的慕求是细腻的。

走到武威、张掖，在浓浓的西夏氛围，在六月的丝绸之路，沙尘滚滚，我饮着千年醉人的花香，感叹一个那么美丽的西夏国，全境的文物典籍被焚烧劫掠，权力更替，当代的文物大美必然走向绝灭之境了。

到了张掖，看到一个国家的兴与亡，荒原部落的争战，马蹄烽火从未宁息过，而人心的爱与恨，其强大的力量，一夕可造一座城，也可毁一座城。

古佛合眼沉睡着，也许是不忍见这人间的刀兵杀戮，万千生灵的泪海吧。

## 和谐乐土——记千年睡佛

早上八点不到,我们到了塞上禅林大佛寺。穿过两旁贩卖纪念品的商铺,整个市街还在沉睡着。由于景区的工作人员还没上班,我们省了一百多块的入门票。大佛寺中庭广阔平正,果然有塞外的放旷雄风。

两边的白色牌楼,分别书写着:塞外禅林、和谐乐土。青天蓝得像碧海,我念着牌楼上的对联:

张万里丝路大道有成开盛世
披千年宝刹佛法无边度慈航

如果说佛法无边,是人们想要跳脱老病死颠沛的无助,寻觅一处生命最终的安平归宿,所以佛法历千年仍在人间救渡着千万万苦难群灵。幸运的我们,在室内光线关闭的状态下,拍了一张寂静的涅槃金佛,刚好管理人员还没上岗。再暗,佛的面容不损减一分辉煌。我绕着佛,一

千年睡佛

圈又一圈,心里念诵着:"佛在世时我沉沦,佛灭度后我出生;忏悔此生多业障,不见如来金色身。"同时也发愿:自此生到成就菩提,六根具足,身心端严,不贪着世乐欲求;生生世世值遇正法国度,常随善知识教导。

不知绕佛多少圈了,远方小窗里的光逐渐扩散到地面,临别时,再次合掌顶礼金佛,凝望佛眼的安详,心里揣想,得要修炼成怎样的一颗心,人才能拥有如青莲出水的脱俗,如月色照河的洁白。管理人员大声地喝止偷拍的游客,应该是离去的时候了。

随意走走。大佛寺环境清幽,古树参天,像是踏入绿野林中。拍下一张阳光洒下竹林,天空倒映着檐影的照片,时光似乎冻结了。坐在阶梯上,风温柔地吹动衣衫,

塞上禅林

多少年后,我想,我一定会回忆这一刻,顶礼千年金佛后,坐拥天地清和的气息。下一站已向我们靠近,再不舍,旅程是不等人的。

在回程的商铺挑了一盒六个夜光杯,果然薄如蝉翼,这夜光杯聊记塞外的悠然生活。太平盛世,很庆幸,我不需饮下葡萄美酒,也没人催赶我上马奔往战场,我只是带回夜光杯,让自己感谢生逢太平盛世,同时在心里也遥祝千年前的战士,愿他们英灵安息。

回到宾馆,算一算离十一点半到嘉峪关的巴士还有些时间,氽烫昨天在超市买回的菠菜,加点酱油,我们所食的都是当地的材料,所幸肠胃调适得不错,没闹脾气。打点好行李,随身背包有瓶装水有饼干,感觉很富有,旅行最宝贵的学习,就是,外在拥有的少,心里享有的更多。

手机的短信已传来今晚入住的饭店名称和地址,带着夜光杯的豪迈,拉着行李站在宾馆外等出租车。塞外的天空蓝得比希腊海水还蓝,那样的深蓝,像湖水铺盖在塞外的风声沙声里,当你仔细听着,那样的蓝流来的还有阵阵的呜咽。

那一座美丽的祁连山,青翠美好的山谷,祈愿再没有割据占地,没有政治征战,人们得以安住这一片草原的乐土。

张掖市区古城

## 家在远远的地方——嘉峪关的角楼

行李载着张掖金佛寂静的面貌，还有如丝丝叶脉的夜光杯，客运车把张掖抛在黄土高原之外，却抛不走我对张掖大佛慕想的凝望。恋佛之心深深，与俗世的爱恋不同，俗世之恋有着分离割舍之痛，而对圣境之恋慕，如同登山者，虽立下登顶的追求，但大山的云岚升降，日照月驰星海，这些变幻莫测的天地大美，吹入他胸臆，已足够消弭他千里跋涉的形影孤单。

旅行丢掉身份、阶级、标签，在每一个城市里，你被还原成一个顶天立地，与行李朝夕相随的路人。你能保护的仅剩肩上的行李，你别无所求，可盼可望的，也只有脚下的路。洗礼，从学习礼敬山川河流，从礼敬一碗汤面，从礼敬一片菜叶开始。我们调伏其心，空其目中无人无物的骄恣，然后，洗尽所有，慢慢才成为一个像样的旅人。

到了嘉峪关，更显荒凉，夏日的强风已吹痛人的脸，如果在冬季，这关外的烈风要如何抵挡？嘉峪关居于祁连、嘉峪两山之间，因建造坚固雄伟，气势磅礴，自古以来被称为"天下雄关"，也是历代王朝戍边设防的重地，为兵家必争之地。

由于西域各国对中原时有进犯，特别是明代，东察合台汗国东部的吐鲁番日渐强大，常引兵入侵河西走廊各城，嘉峪山隘口为必经之地，明朝军队和吐鲁番兵曾数次在嘉峪关作战。

对于生于太平岁月的我们，战争只是课本上的名词。到了嘉峪关，也许是塞外的风太过凄厉，我感受到这个古战场，听到吹来的风声，闻得到点点血腥的味道。我站在角楼，望向天之涯，千年前固守关中的军兵，他们的眼穿过角楼，望不尽荒原，家，变得更加模糊、遥远。

嘉峪关矗立于西部荒漠，不远处是祁连山的雪峰，白雪终年未化，硕大的蓝映衬细小的雪白，我沿着朱红色的城楼走着走着，想那久远的年代，戈壁黄沙吹不断，偶尔飘荡在丝绸之路上悠扬的驼铃声，那飘在云端的商队，才让他们记起，角楼之外，他们还有个家，有人用针线编织着对他们的思念。

清代林则徐因获罪被贬新疆，也曾经过嘉峪关，这一位肃毒有功的名臣,在政海派系之争中也难保全身而退。流放在新疆的他,幸好有佛法做依靠。他曾手抄《佛说阿弥陀经》《金刚般若波罗蜜经》《般若波罗蜜多心经》《大悲咒》《往生咒》五种经咒置一函,并题"行舆日课、净土资粮"八字,作为每日诵念的功课。

再刚强的人,内心仍有其漂泊的灵魂,那么信仰,将是生命最安稳最终极的避风港湾。

走出角楼,蓝天迎我,坐在城关外的凉亭,我啃着被沙漠的风吹晒、已呈干硬的馒头。我的家,一张机票可抵达;他们的家,指向的是无尽的荒漠、未定的尘埃,他们的眼泪只能托付给风中的铃声。

## 胜利的狂饮——左公柳的相思

习惯在早斋后，在成佛大道跑香。每个季节的阳光、色彩、味道都不同。如果问我最喜欢哪个季节的太阳，那就是在春与冬接轨之际，春初萌的甜美交织着暮冬的冰透，犹如晒后的柑橘加入融雪冲泡后的茶气。

晨间走着走着，每块四方石阶皆意涵"福田"，虔诚的信众，在成佛大道参加祈福法会，开展内在的慈悲、智慧。这片福田，是人们的心田，借由佛法的刀斧，修剪我们心园的杂草。阳光渐渐转强，差不多八点了，回寮房办点杂务，即是到办公室的时间了。

旅行的无拘无束，返归到办公室的准点生活，对我而言，毫无时差。因为，旅行与工作都是磨刀石，都是修心的工具，两者平等，没有差别。对旅行没向往，对工作没不耐，都是万法显现的"曼陀罗"，让我们看到自性的清净、美好。穿过丝绸之路的沙尘，享受现成的阳光，我不曾感觉离开过这两处。

在长安参拜完罗什大师的草堂寺,我们进入河西走廊。兰州的黄河大桥,让我们大开眼界,黄河的澎湃气势,武威鸠摩罗什寺的肃静雍容,舌舍利塔下顶戴的狮子瓦当,这些明亮洁净都装载在我的背包里,一路伴我前行。

到泉湖公园,迷了许久的路。因为巧遇大陆学生的高考(大学联考),某些路段有交通管制。搭的公交车离目的地还很遥远,问路人,每次问,迷路的状况就更严重。最后,决定花钱解决,招手坐出租车。

这座公园和霍去病、左宗棠有因缘。

西汉时,霍去病率兵西征,在酒泉大败匈奴后,兵营就驻扎在现在城东的泉湖公园一带。这里当时有一眼泉水——金泉,其水甘甜清冽,可供人马饮用。汉武帝为了表彰霍去病的战功,派人送来美酒数坛。爱护属下的霍将军并不独占荣耀,认为弟兄与他出生入死,应同享此美酒。于是把酒倒入泉中,豪放地与众将士共饮清冽甘甜的酒泉之水。从此,原来的金泉被改为"酒泉"。

园中四处可见青青之柳,有一树名为左公柳。这段故事源自光绪五年(一八七九年),清末名臣左宗棠率部队收复伊宁时坐镇酒泉,利用军闲之余,动用两千二百两军饷和自己的俸禄在此修建亭台楼阁,命名"泉湖公园"。

泉湖公园,环湖是参天古树。圆形的一眼清泉,这就是传说中的古金泉。我坐在清泉旁,端详着泉眼汩汩冒出的清亮的水,透亮纯净闪动着钻石之光。拂面的清风,亭台楼阁如江南诗画的丽景。风吹着我,我在风中,想当年,霍将军脚下的沙泥,可曾沾黏思乡的泪痕?琉璃的天,翡翠的湖,长天漠漠,在写意的诗画里,我却感受到旷野男子的悲凉。左公柳绿如瀑流,左公当年亲手所栽,今日更形粗犷硕美。这甘新大道,在一八七九年间,湘军一路植下道柳,这江南的丰泽柔美冲淡不少戈壁的荒废。

这青柳之美,是刚强汉子用双手拨土亲植,他们种下的不是绿意,而是对故乡的相思。

泉湖公园窗雕

## 我的家在鸣沙山——敦煌的摘星阁

带着酒泉左公柳的绿意,我们翻过嘉峪关极目无人的荒野,终于要踏往梦幻的敦煌。那晚落脚在长城的宾馆,半途遇到一场急雨。沙漠降雨,当地人视为祥瑞,行者却只盼一路风和日丽。参拜完张掖的大佛,眼看丝绸之路的朝圣已近尾声,奇特的是,心情却越走越寂静。每走一步,仿佛走在有阳光照耀的冰面上,薄薄的冰镜,澈然地映出这旅途的风吟、月色。

到敦煌,住宿在敦煌山庄,离鸣沙山只有二十分钟的路程。敦煌已被消费成唯美浪漫的商品。到了敦煌,只感觉沙尘无孔不入,沙粒变成了黏人的糖粉、挥不去的棉絮。饮水的杯底沉着细沙,袖下的宽袍里总会跳出顽皮的沙石。半睡半醒时,床铺上似乎还飘落着风沙。

敦煌,我没到鸣沙山,没在骆驼上拍下美美的夕阳照。倒是搭上公交车,看了博物馆,也顺道走访邻近的沙州市场。喜欢传统的市场,人与人是有温度的交集,叫卖的音声，彼此交谈的讨论，不像现代的超市，各自挑好物品，笔直走向结账的柜台。

在沙州，我们买到青菜、草菇、西红柿。背着这些红的绿的食材，心情霎时像长出了翅膀。还在现烤的面摊买了糖饼，脆脆甜甜的滋味，让我们在敦煌留下甜蜜的回想。拿到摘星阁的餐券是意外之喜，这里楼顶招待贵宾，普通的旅客排在大厅用餐。天黑了，我们就在房间整理笔记，打点杂务，没上摘星阁观星。直到那天清晨，我们在摘星阁观日出，那一刻光芒万射，五色云彩纷呈，在黑与白之间，我发现，它们是水乳交融的，两色拌匀，幻化成更亮眼的绝美之色。

我们走过鸣沙山票亭，观望那绵延的金黄山丘。听说，敦煌的骆驼大多老迈，且日日观光客大量涌入，它们过劳，死于人们编织的"梦幻沙漠"。

驼铃，夕阳照，我一点都不向往，我的旅行不在观奇赏美，只是用每一步去学习悲悯，重新学习对于点滴生活失去的感动与感谢。

"敦煌美吗？去鸣沙山了没？有骑骆驼吗？"大陆和台湾的朋友传来短信关切。人在敦煌，风飘来的每一阵音波，声声还留存有千年求经西行者的呼吸；每一粒沙通身闪耀着敦煌寸寸巨光与不朽。何须再上鸣沙山？

坐在摘星阁，水果麦片配着鲜奶。旭日东升，晨光里，我们吐露着，对敦煌千年的相思。驼铃仍在远方响着，求法的行者，一年一年地走着，走着，走在金色的敦煌路上。

敦煌地标——反弹琵琶

## 关不住的春风——阳关玉门

到了敦煌,第一次做梦。原本就少梦的我,这趟丝绸之路行旅,在江南感染风寒,五十五天,我咳了三十三天,直到敦煌,咳声悄然只剩夜半的回音。这个梦,让我获得不少信心。没看到月牙泉的奇观,没走在风吹沙的山丘骑骆驼,我在敦煌,晨起在宾馆外望日出,行走在敦煌的市集,吃着糖饼,呼吸着当地人的气息,顿觉我已是半个敦煌人。

天上的云端出现白衣观音,跪拜顶礼的我,与观音如是远如是近,这整整七年,为了息灭我内心的狂躁、强硬,我朝夕以观音为修持的尊师。梦中一见,醒来,心有云的轻柔、洁亮,有天的辽阔、静宁。这趟朝圣,若有些法喜禅悦,愿全然回向有情众生,同享此富足美好。

决定到阳关、玉门关,只为了年少读的诗句。"西出阳关无故人""春风不度玉门关"。到底有多么寂寥荒芜的况味,人到了"二关",心情可有立锥之地?阳关,位

张骞出使西域像

于今敦煌市西南七十余里,始建于汉武帝时期,因其处于玉门关之南,称之为阳关,而阳关及玉门关亦合称"二关",是古代陆路交通的咽喉之地,把守着通往西域的南路,也是古来兵家必争之地。

宋元以后,随着丝绸之路的衰落,这座被历代文人墨客吟唱的古城阳关也因此被逐渐废弃,为流沙所掩埋。今日,我到了阳关,只剩暴戾的风沙无情地扑打着,让人无处可藏。昔日的阳关城早已荡然无存,仅存一座汉代烽燧遗址,耸立在山上。漫天烽火已飞散成灰,走在滚烫的沙地上,多么希望有一场雨,让我走回王维的渭城,在雨中的青青柳色里，压抑着离愁，与朋友谈笑、痛饮。阳关之外，只有焚风，只有热浪，再无故人可以闲话国事家事。

玉门关，因西域输入玉石取道于此而得名，它和西南的阳关同为当时通往西域各地的交通门户。现在的玉门关是汉代玉门关的遗址，因为宋以后中国向西方的陆路交通逐渐衰落，关隘已废圮。

唐代诗人王之涣曾留下"羌笛何须怨杨柳，春风不度玉门关"的千年佳句。还有一位值得敬重的定远侯班超将军，他在塞外生活了三十多年，整个身心早与塞外融成一体。年老的班超思乡，上书请求汉和帝准许其卸任并回到中原，信中称"臣不敢望到酒泉郡，但愿生入玉门关"。班超的妹妹班昭也上书为兄请求。汉和帝受到感动，召班超回京。班超终于在永元十四年（一〇二年）回到洛阳，一个月后即因为胸胁疾病逝世。

阳关

我读着班超的事迹，

想着一个少年有大志向投笔从戎,因家里贫困,班超为官府抄写书籍,以此维生。有一天,他对抄书感到厌烦,便停止抄写,投笔并感叹道:大丈夫当效傅介子、张骞立功异域,以取封侯,安能久事笔砚乎!在被他人嘲笑后,班超又说:小子安知壮士之志哉!

世人皆以貌取人,以工作上下论贵贱,有几人能识他的大志?

阳关曾印下玄奘大师的足迹,他从印度取经回国,取丝路南道,东入阳关返回长安。玉门关的春风,则犹存有班超将军血泪的余味。塞外的劲风依然暴烈,那细沙拂面,这条路上铺满了多少行旅者、探险者、平乱者、取经者……他们的梦想依旧在丝绸之路闪闪发亮。

黄河遠上白雲間
一片孤城萬仞山
羌笛何須怨楊柳
春風不度玉門關

## 千佛万佛在人间——驮经的白马

原本计划要到榆林窟的，但却传来当地水患严重的消息。大陆的朋友告诉我们，土石洪水冲刷，整个景区已全部封闭，谢绝参观。六月，大陆各地传出水患，我们到了敦煌莫高窟，景区某些角落还有泥沙堆积。

莫高窟不准摄影，走在各窟间，老实说，像坐火车过山洞，眼前的图案，成为跳跃的印象派作品。丝路这趟行旅，佛窟的朝拜，只有两个字：惋惜。整个佛窟，少了宗教气息。要开特别窟，得再付费。在莫高窟的各窟走动，感觉是窒息的。走出黑色的洞窟，我在户外，偶然看到白色的砖塔，未标示是哪位高僧大德的塔墓。站在草木深深的墓塔，我至诚顶礼，没有姓名又何妨？会留在丝路，后人为其建立了砖塔，必然是弘传佛教有功的大德。深深地顶礼，献上无限的敬意。

到西千佛洞，洞口的绿树成林。轻轻地走着，一窟又一窟，那残败的图画，那壁上不全的云朵，菩萨飞舞的衣袖……步出窟外，我的胸口堵满大大小小的石块。天上的白云悠悠，我祈求法轮常转，愿千佛万佛永在人间。

两座佛窟，进出莫高窟的人络绎不绝，千佛洞处在幽深鸟鸣的林园，一闹一静，各有不同的感受。丝绸之路的佛窟朝礼，划下一个圆满的句点。

前往白马塔，因为罗什大师的缘故。此次，丝绸之路朝拜，为亲临玄奘、罗什大师曾踏过的足迹。我越过万水千山，为实现二十多年前许下的追星之梦，朝圣之愿，愿我的双脚，一步一步与大师在时空里交会。

白马塔有这么一段传闻。相传吕光于公元三八四年攻破龟兹，并征服西域三十余国后，请高僧鸠摩罗什东归传

白马塔

法译经。当途经敦煌时，鸠摩罗什夜梦所乘白马托梦说：我原是上界天骝龙驹，受佛祖之命，特送你东行。现已进阳关大道，我的任务已完成。次日醒来，白马已安然离世。后人为感念白马驮经的辛劳，将之葬于城下，并建塔纪念，取名"白马塔"。

悉达多乘白马出城，后于山林出家，遍学名师。罗什大师的白马是天界的龙驹，是佛赐予大师的坐骑，陪伴他弘法。塞外的蓝天，总感觉多了一层珠宝的彩光。挂在白马塔青瓦角檐的风铃叮当响着，坐在塔下的我，随着风铃，声声飘回千年前的敦煌。

回到旅馆，手里拎着雪碧汽水、酸奶，坐下来，大口灌着雪碧解渴。这沙漠四十摄氏度的高温，干旱的热浪却让人挤不出一滴汗水。从不喝汽水的我，到了丝绸之路，发现已喝了好多瓶。人的习惯，原来在不同的地域，是会随之更改的。

丝绸之路，充满丝绸的熠熠之光，驼铃绵延不断在风沙中响着，丝绸之路不是梦幻的天堂，而是过去、现在、未来诸佛走过的路。这是一条觉醒之路，更是一条悟道之路。当你的心准备飞翔时，丝绸之路会是你一个终极的选择。

卷四

后记

参学

朝圣

在旷野中

遥见圣者热血求道之心

淬炼禅者坚强的意志

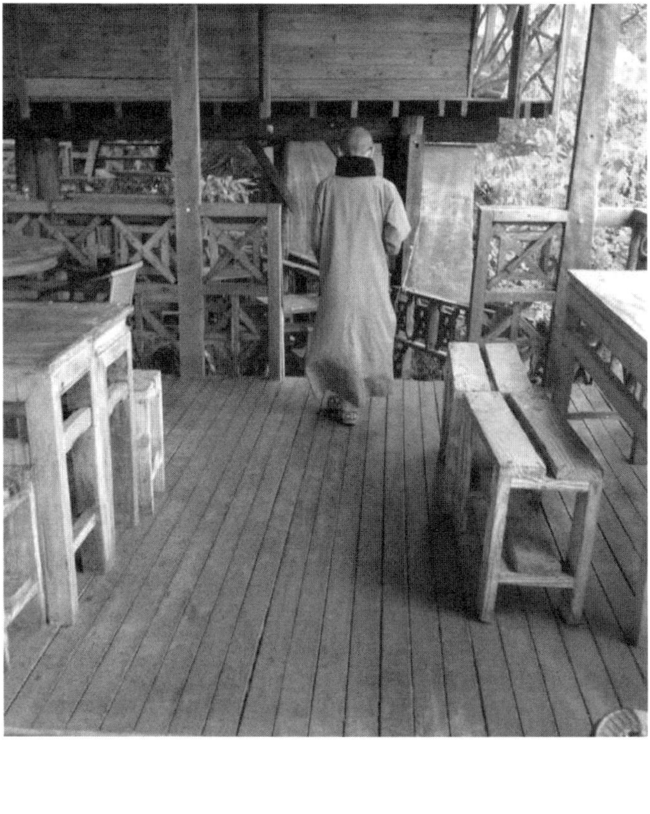

## 成为自己生命中的英雄——丝路的回眸

四五月,庵里有檀香味道的兰花,一夜之间,全然绽放。人走过,感觉连毛孔都钻入这浓香。一年易逝,丝绸之路再回首已过三百六十五天了。每周的"丝路花雨"专栏,弹指间已写满四十篇。

"还有什么旅行参访的计划吗?"同参道友们偶尔再问起。我低头沉思,心里想,下一站去哪里呢?山居岁月,犹如天人地舒适。一切依钟板号令行事,叫香响起,搭衣排班,穿过选佛场,步入云居楼五观堂。重回丛林寺院的我,例行的编辑事务之外,日日夜夜读经,禅观,早已忘了年月。时间对我而言,如瓶中的流沙,点点滴滴无声无息地流去。

我读着华严,华严也读着我。每天晨起,我在洗脸的水面上,顿觉岁月的无情。怎一眨眼,三十年从指缝悄然逝去。捧着碗的我,粒粒米入口,细数这学佛的生涯,只剩惭愧与感谢。不敢以知识分子或作家或学佛的行者自居,对于人生,对于调伏自心,常有困守无策的窘境,我不过是一个捡字叠砖的工人，一字一句砌成一座湖一道桥，粗糙的手工制品不尽纯熟，但寸心回报十方的善念，希望能给人们读到。

戈壁，对于生在台湾湿润海岛的我，何其陌生。沙漠，对于长于北方雨都的我，何其需要忍耐。到了甘肃、新疆，极目所望皆是寸草不生的烧红岩礁，汗却流不出一滴，才稍稍体会环境的险恶，也佩服生活在塞外朋友们的大力安忍。

走在伊斯兰教的地域，所遇到的汉族、回族、蒙古族、维吾尔族、哈萨克族的朋友皆和善，热心为我指路，他们的水米菜肴滋养了我五十五天的行旅。沙漠的英雄，玄奘、罗什、班固、班超、解忧公主等等，感谢他们一路的支持，不论欢快、寂寞，甚至在病中，因为有他们的朝夕相伴，我的丝绸之路行旅才拥有奔驰向前的力量。完成丝绸之路的朝圣之旅，回眸，心里仍充满感谢，感谢师长、同参道友，以及檀信无私的护持。

再长的路也会有尽头，再多文字也得写下一个句号。心灵的花雨仍在远方纷飞，丝路的星月仍在荒野中闪亮。如果你还有梦，还存有对圣境的向往追求，那么，这场花雨的纯净芳香，必定会召唤你的灵魂，让你成为自己生命中的英雄。